Cícero Belmar

Aqueles livros
não me iludem
mais

CB047302

A GIRAFA

São Paulo, 2011

Copyright do texto © 2011 Cícero Belmar
Copyright da edição © 2011 A Girafa

Todos os direitos desta edição foram cedidos à
Manuela Editorial Ltda. (A Girafa)
Rua Caravelas, 187 – Vila Mariana – São Paulo, SP – 04012-060
Telefone: (11) 5085-8080
livraria@artepaubrasil.com.br
www.artepaubrasil.com.br

Diretor editorial
Raimundo Gadelha

Coordenação editorial
Mariana Cardoso

Assistente editorial
Ravi Macario

Revisão
Carolina Ferraz
Jonas Pinheiro

**Capa, projeto gráfico
e diagramação**
Vaner Alaimo

Impressão
Corprint

CIP-BRASIL. CATALOGAÇÃO-NA-FONTE
SINDICATO NACIONAL DOS EDITORES DE LIVROS, RJ

B389a

Belmar, Cícero

Aqueles livros não me iludem mais / Cícero Belmar. – São Paulo: A Girafa, 2011.
80 p. : il.; 21 cm

ISBN 978-85-63610-04-1

1. Livros e leitura – Ficção. 2. Conto brasileiro. I. Título.

11-4543.	CDD: 869.93	
	CDU: 821.134.3(81)-3	
21.07.11	27.07.11	028249

Impresso no Brasil
Printed in Brazil

Obra em conformidade com o Acordo
Ortográfico da Língua Portuguesa

Sumário

Nicácio 5

As cadelas 11

O empalhador de animais............................... 15

A mesma língua 23

Com as unhas de fora 33

O homem que lê 39

Coisa de homem 49

A monga 55

Lágrimas negras de rímel 63

Tony Bronca encontrou o amor..................... 69

Nicácio

Nicácio do Papel Velho é um desses carregadores de carroça com quem se depara no trânsito, de aparência miserável, brutalizado, que se dá por satisfeito de poder arrastar o ganha-pão pelas ruas, recolhendo entulhos de bancos, escritórios e lojas, e dele não se espera muita coisa além de conduzir sua carroça. A brasa do meio-dia a derreter o mundo em calor, carro buzinando até doer na paciência, passando de um lado e do outro. E ele na balbúrdia, mas quase invisível, criatura nenhuma perde tempo com Nicácio, nada tem de especial, antes pelo contrário. É só mais um catador de papéis, que os recolhe para vender no peso e cotidianamente cumpre a missão de chafurdar materiais inúteis para fazer daquilo dinheiro.

Um dia, ele ganhou uma biblioteca inteira para negociar como papel velho.

Grossas gotas de suor a lhe escorrer pelos braços fortes, o sol transformando o asfalto em fornalha. Nicácio viu quando a mulher parou o carro mais adiante dele, na rua, e ficou dentro, quieta. Quando ele emparelhou, com sua miserável carroça, viu que ela estava transtornada, chorando. Fez que não viu, e seguiu fazendo força, arrastando o peso da carga. Que mundo é esse? Resmungou e seguiu pensando: o que faz uma mulher tão bonita ser infeliz a ponto de ficar chorando dentro de um confortável carro com ar-condicionado? Ainda se ela estivesse aqui a arrastar essa carroça, era compreensível o seu choro...

De dentro do carro, a mulher abaixou o vidro e lhe chamou:
– Moço... moço...

Moço é comigo? Ele se questionou e respondeu para si mesmo: e eu tenho essa sorte? Devia estar havendo um engano, uma mulher tão bonita, num carrão daqueles, não iria passar a falar

com um carroceiro de papel velho. Ficou encabulado, mas ela o chamou de novo.
— A senhora tá falando comigo?
Ela respondeu com outra pergunta:
— Quer ganhar uma biblioteca? Você vai encher essa carroça... disse, sem conseguir falar direito, cortando as palavras.
— Bibli o quê?
— Biblioteca. De livros. Um monte de livros.
Ah, sim, disse a si Nicácio, sem saber para que ele iria querer um monte de livros. Deu vontade de rir e de perguntar: pra que porra eu vou querer um monte de livros, minha senhora?
— A senhora me desculpe. Livro não tem serventia pra mim não, minha senhora. Sou fraco de leitura. Mal sei assinar meu nome.
Foi dizendo e fazendo menção de continuar arrastando a carroça, mas a mulher insistiu.
— Não é para você ler não. É para eu me ver livre deles.
— Ah, é? Ah, sim...
Ele, com cara de bobo. Ela, soluçando:
— É pra você vender. Vender no peso, como batata.
— Livro é mais pesado do que batata!
— Venha pegar, se lhe interessar. É muito livro, você vai ganhar um dinheirão.
Ela estava de óculos escuros, coisa fina, e por debaixo deles as lágrimas escorriam pelo rosto. Era uma mulher bem cuidada, de cabelos castanhos, devia ter uns 40 anos. E pelo carrão, certamente era uma dessas madames que saem nos jornais.
Nicácio, desconfiado e surpreso, sorriu e disse: a senhora arruma os livros num caixote e diz a hora e onde eu vou buscar.
— Eu não quero mais esses livros lá em casa! Disse a mulher, desatando a chorar.
Nicácio se sentiu na obrigação de consolá-la:
— Pare de chorar, seus livros não são mais problema não. Eu vou buscar esses danados agora mesmo.
— Pode acompanhar o meu carro. — Ela ordenou e em seguida religou o veículo. — Venha agora no meu apartamento.
A mulher passou a mão no rosto, de um lado e do outro, enxugando as lágrimas que não controlava. "Eu moro no último prédio da rua".

– Caramba! Ao ver o prédio, foi o que Nicácio conseguiu dizer.

A mulher estacionou o carro bem em frente ao prédio e o portão foi aberto, mas ela ficou esperando Nicário se aproximar com a carroça. Ela não procurava disfarçar o choro. Nicácio olhou-a sem saber o que dizer e ela, entrecortando a fala, informou que iria entrar com o carro na garagem do prédio, mas antes daria autorização ao porteiro para permitir que o carroceiro entrasse e pegasse os livros.

Nicácio esperou alguns minutos depois que a mulher entrou, deixou a carroça em frente ao prédio e foi falar com o porteiro, temeroso de que ele, diante de sua figura, o expulsasse dali – um arrastador de carroças só não chegava a ser um marginal por causa da carroça.

Nicácio chamou-o de senhor e o homem, fardado com roupa azul-marinho e botões de metal muito polidos, disse "entre", aparentando má vontade ou irritação. O carroceiro jamais imaginou entrar num prédio daqueles e falou baixinho: Ave-Maria, vou sujar tudo aqui.

Era muito luxuoso, cheio de câmeras, lustres, tapetes na entrada e cerâmicas muito bem trabalhadas nas paredes. O porteiro se apressou em dizer: suba pelo elevador de serviço, que fica ali, nos fundos. É o de serviço, viu? Pelo amor de Deus não vá pelo outro. É o elevador dos fundos – reforçou, enfático e adiantou: quando entrar, aperte o número quatro. No quarto andar, quando você chegar lá em cima e sair do elevador, vai encontrar uma porta. Só tem essa porta. É um apartamento por andar.

Num minuto o silencioso elevador chegou ao quarto andar. Nem precisava o porteiro ter explicado com tantos detalhes. Uma moça confusa e tensa, mas fazendo de conta que estava calma, esperava Nicácio na porta de serviço do apartamento. Era a empregada doméstica, vestida de uniforme azul e um tênis rasteiro, como as empregadas que Nicácio só vira na televisão. Secamente ela disse "senhor, venha por aqui". E ele a acompanhou, cheio de cerimônias.

Já na entrada do apartamento, ouvia-se o choro alto da mulher, vindo lá de dentro. O apartamento, Nicácio refletiu, era grande demais, só a sala, do tamanho de uma quadra esportiva. Ficou sem saber se devia passar por cima dos tapetes ou dar um pulo para não pisar neles. Já ouvira falar que tapete assim era coisa de muito valor. Nicácio fazia esforço para não mostrar que estava embasbacado.

— Pra que vida melhor?

A empregada olhou para trás e agora pareceu impaciente:

— Ande, senhor!

As paredes eram cheias de quadros — aquilo é o que os ricos chamavam de arte? Nunca pensou que um dia estaria vivo para ver aquilo, olhou admirado. Em cima dos móveis havia umas peças — estátuas feias da porra, pensou —, mas logo entendeu que se não fossem importantes não estariam ali.

— Apartamento do caralho!

A moça o olhou, recriminando-o, mas nada disse, nem daria tempo. Ouviam-se pancadas continuadas, um barulho surdo, como se algo estivesse sendo jogado no chão na sala ao lado. A empregada repetiu: vamos, senhor, ande logo! E ele chegou à sala, onde estava a mulher do carro, parecendo uma louca, descontrolada, retirando os livros da estante e arremessando-os ao chão.

A estante ocupava toda a parede de fundo da sala-escritório, que também tinha computadores e um birô moderno. A mulher nem deixava os livros caírem no chão e já estava puxando outros volumes das prateleiras, com agressividade. Atirava-os no chão da sala, sem olhar para trás, sem ver onde eles estavam caindo, mas a quantidade já formava uma elevação.

A mulher, que no carro parecia uma madame, agora estava descalça e os cabelos meio despenteados — quando chegou em casa a primeira coisa que fez certamente foi largar os sapatos de salto alto e colocar as mãos na cabeça, por entre os cabelos, desesperada. Ela chorava alto, dramática, como se estivesse fora de si. — Leve esses livros daqui! Leve essas merdas agora!

Gritou com fúria. Nicácio, consigo:

— Homem, quer saber?

Quase automaticamente, o catador de papel passou a obedecer a ordem: começou a apanhar os volumes do chão, desviando-se para não ser atingido pelos arremessos.

— Leve, venda, queime, faça o que quiser com essas bostas! A empregada, que assistia impassível à cena, benzeu-se. O carroceiro enchia os braços com a maior quantidade de livros possível, colocando-os uns sobre os outros, e levando-os para o corredor do prédio, junto do elevador de serviço. E voltava apressado, atropelando o que havia na frente, batendo nos móveis, para pegar mais livros.

– Puta que o pariu!

De volta à sala-escritório, já encontrava uma pequena montanha de livros no chão, que aumentava mais rapidamente do que ele conseguia transportar para fora do apartamento.

– É livro demais... nunca vi desse tanto.

No trajeto, a empregada observava o seu movimento com o olhar, silenciosa e preocupada. Numa das idas e vindas ele a viu balançando a cabeça e dizendo, para si mesma, "que desperdício".

O carroceiro, sem parar o serviço, resolveu puxar assunto:

– Por que ela está jogando tudo fora?

– Não é da sua conta. Nem da minha. Se ela lhe deu os livros é porque quis dar. Eu sendo você pegava os livros e iria embora depressa, antes que ela se arrependa!

Depois, comentou baixinho, para si mesma:

– Essa casa, de um dia desses para cá, está um inferno...

Nicácio foi e voltou umas trinta vezes. Lá pelas tantas, quando foi pela centésima vez pegar mais livros, a mulher não estava mais na sala-escritório, e as prateleiras, estavam quase todas vazias. Era possível ouvir o choro dela, abafado, em outro cômodo do apartamento.

O trabalho estava quase terminado, só faltava colocar os volumes dentro do elevador e transportá-los para a carroça. Suava. Não havia mais livros para ele pegar dentro do apartamento, a empregada dirigiu-se à porta. Olhou para os livros desarrumados, no chão.

– Dá uma pena...

Se anteriormente ela não alimentou conversa com Nicácio, agora tensa, comentou, como se a conversa ajudasse a aliviar o seu estado de ânimo:

– Seu Leonardo é um ciúme danado desses livros. E, agora, olha eles aí no chão.

– Quem é seu Leonardo?

– Meu patrão. O marido dela...

Nicácio ficou de pé atrás.

– Esses livros são dele?!

– Pelo menos, eram. Mas se ela lhes deu, eles agora são seus...

— Sem querer, estou me metendo numa encrenca! A senhora acha que eu os devo levar mesmo?...

A empregada, parece, não ouviu a pergunta.

— Seu Leonardo tem adoração por esses livros. É adoração mesmo, só vendo. O que ele mais gosta de fazer é ler.

— Eu vou lhe dizer uma coisa: isso tá me cheirando a confusão. Pelo que juntei dessa história, ela está se vingando dele. Tá ou não tá? A coisa pior do mundo é uma mulher com raiva!

Ela respirou fundo. Estava de fato preocupada.

— Não sei nem o que vai acontecer quando seu Leonardo chegar.

Nicácio apressou-se. Terminou de colocar os livros no elevador e afirmou: deixa eu ir embora, senão sobra pra mim. Entrou, apertou a letra T no painel e a porta do elevador foi-se fechando. A mulher:

— Em todo caso, é melhor você não...

Não deu tempo de ele ouvir o conselho da empregada. Soturna, profética, ela disse, baixinho: adeus. E fez uma expressão com o rosto, que falava por si.

As cadelas

O sol bem arregalado, pra ninguém ter a desculpa de dizer que não me viu. Gente demais passando nesta ponte, mas eu reino. Podem assoviar, podem me chamar de toda boa, que eu sou tesuda mesmo. Ainda por cima sei desfilar, está pra nascer quem desfile melhor. Esses machos escrotos não conseguem tirar os olhos de cima de mim, e as mulheres, coitadas, sinto até pena. Mulher é bicho invejoso, passa virando a cara. Quem sabe rebolar como eu? Nenhuma! Aí eu me espalho, caminho jogando os cabelos, dando gargalhada, quem achar ruim que se jogue nas águas do rio que passa debaixo desta ponte!

Eu sou alegre, mas não sou burra, favor colocar uma moeda na minha latinha. Não desfilo de graça, não faço show só pra me exibir. Quem gosta e acha que vale o show, é só colaborar. E quando o dinheiro cai na latinha, o bicho pega, faço cara de eterno gozo, os olhos quase fechando de tão pesados, coloco o dedo no cantinho da boca, e caminho, polpa da bunda que sobe, polpa da bunda que desce.

Acho que Bina fica rindo quando eu desfilo. Um dia, ela quis desfilar comigo, toda animada, balançando o rabo sujo. Eu dei-lhe um baile: você não serve pra nada mesmo, heim Bina? Presta atenção no serviço! Se aparecer um engraçadinho aí, leva o dinheiro da latinha e a gente fica com o quê? Ela entendeu, voltou com o rabinho entre as pernas e se deitou do lado da latinha. Ela só não fala pra não dar recado.

O sol arregalado do Recife pra mim é holofote. Tudo o que uma mulher pode fazer, eu faço, caminho até o começo da ponte, dou meia-volta com muito charme e paro. Vou em baixo, vou em cima. A macharia delira. Aí eu aproveito, rebolo, rebolo e rebolo:

– Gostou? Então pague!

Qualquer coisa serve. Moeda, vale-transporte, tíquete alimentação. Tenho que juntar dinheiro pra ter o que comer. E pra comprar maquiagem. É ruge, é *blush*, é batom. Eu compro na loja, com dinheiro à vista. Fico linda, linda, é o mesmo que estar vendo uma artista. Pode faltar dinheiro para a comida. Mas para maquiagem, não falta.

Foi a doutora quem me ensinou. Antes de morar na rua eu trabalhei na casa da doutora. Foi ela quem me botou esse vício. Hoje, só sei viver de maquiagem. Um dia a doutora me viu aqui na ponte.

– É tu nada!

A doutora é caixa de supermercado. Saí da casa dela porque ela não tinha como me pagar no fim do mês. A rua é boa demais. Acho que ela ficou com inveja, me vendo assim, linda.

– Tais é bonitona, visse?

Eu, bem assim:

– É pra quem pode...

Eu retoco a maquiagem, aqui mesmo na ponte. Um batonzinho bem vermelho, me olho no espelho e nem precisa ninguém dizer. Eu mesma digo pra mim:

– Tu sois tesuda, visse? Gostosa!

Fraqueza de homem é bunda. Tenho o que mostrar. Paro o trânsito em cima desta ponte. Uma saia que não é mais do que um palmo de comprimento, mostrando o fundo das calças. Não é brinquedo não. E um bustiê segurando o pacote dos peitos, que só faltam saltar. Só não pulam porque eu ando devagar, com jeito, requebrando. Faço o que posso.

Esses homens do Recife são muito tristes, sérios demais, precisam de uma diversãozinha. Eu, por mim, já andava com a saia levantada. E com a latinha estendida. Mas os agentes da Polícia Civil vivem me enchendo. Qualquer coisinha, eles dizem, é atentado ao pudor.

– Atentado ao pudor? Não mereço tanto elogio...

Se uma mulher bem souber usar seus poderes, souber rebolar, mata o homem na safadeza. Inventaram a dança da garrafa e eu sei dançar na boquita da garrafa que é uma beleza. A garrafa em pé e eu abro as pernas em torno dela. Vou embaixo, embaixo,

embaixo. E levanto, levanto, levanto. Devagar, com cara de dengo e um dedinho na boca. E a garrafa no meio das pernas. Rebolo, vou descendo, descendo, fico quase tocando na boquita, mas não derrubo, vou subindo, subindo, desafio qualquer mulher do Recife a dar conta dessa dança sem derrubar a garrafa.

– Safada é a sua mulher, seu puto! Eu respondo aos insultos. Isso aqui é arte, viu seu puto? Chame sua mulher aqui, pra ver se ela não derruba a garrafa! Um dia, desfilei, bebi, até cair de bêbada. Dormi mesmo. Quando eu me acordei, mais tarde, Bina também estava dormindo.

– Bina, sua demente, acorda! Não vê esses cheira-cola tirando onda comigo?

Essa cachorra é a preguiça em pessoa. Os meninos, com garrafinhas de cola no nariz, já tinham levado o dinheiro da minha latinha. Ficamos sem um centavo. E ainda tiravam onda comigo. Eu não levo desaforo:

– Travesti é a quenga da tua mãe! Espere aí que você vai apanhar de um travesti!

Eles correram e Bina correu atrás latindo. Uma esculhambação que dava até cinema. Eu gosto é disso, de fuzuê. Que nem Bina. Eu e Bina somos amigas arretadas, coisa de irmã mesmo. Ou de mãe e filha, sei lá. Pra onde eu vou, ela vai. Não sei o que esta cachorra viu em mim. Desde novinha se engrampou comigo e pronto. Acho que é porque a gente se entende, cada uma faz sua parte, eu fico desfilando e ela, bem quietinha, se deita perto da lata, cuidando do apurado.

A vida é assim. Quando eu pensei que mais ninguém neste mundo iria gostar de mim, apareceu Bina. Foi um desses cheira-cola que me deu a cachorra bem novinha. Eu cuidei dela com poucos dias de nascida, comprando leite com o dinheiro que eu conseguia, e dando pra ela beber. A danada se apegou a mim, por certo pensando que eu era a cachorra da mãe dela. Quando ela cresceu, já entendida, eu fiz um trato: uma cuida da outra, para nenhuma ficar sozinha, tá certo? Uma de nós duas vai morrer primeiro. Até lá, a gente fica junta. Ela, olhando pra mim, com cara de cachorra doida. Olhou e latiu. Se ela latiu é porque entendeu a proposta né? E assim a gente vai levando.

Bina é uma menina descuidada, que não conhece as ruindades desse mundo. E essa é uma terra para cachorro grande. De noite, debaixo das marquises, ela chega, se deita do meu lado. Eu me sento, enrolada com meu cobertor. E puxo Bina para meu colo. Fica quietinha, me olhando, deitada em meu colo. É minha menina.

    O rabo dela balançando. Eu dou cafuné. Durma, que eu fico lhe vigiando, viu, minha filhinha? Hoje não saia do lado de mamãe não, viu? Fique com mainha, para ela não ficar só. E Bina cochila, abre o olho, vê que eu estou alisando sua cabeça. É uma menina escrito. E vai cochilando. E eu lhe dando cafuné. Mas só dorme mesmo quando eu canto: boi, boi, boi, boi da cara preta.

O empalhador de animais

A chave da porta enguiçou e Amaro respirou fundo. Colocou-a de novo na fechadura, esforçando-se para ficar calmo, e disse como quem pensa: vamos, colabore, veja que eu ainda estou com paciência, sua bosta. Mas até parecia que a chave era de outra fechadura.

Quando ele queria empalhar animais, era como se uma força interior ficasse lhe cobrando e não desse sossego. Tentou girar a chave para um lado, para o outro, e nada. Ficou com raiva da porta e da chave, vontade de torar aquele pedaço de metal nos dedos, ou então chutar a porta, quebrar, desmantelar aquela merda com uma pernada.

Mas havia os vizinhos. Calma, eu só preciso ter calma, disse, mordendo os dentes, e forçou mais vez, e mais outra, nada, nada. Vamos, porra, vamos merda, repetiu, a pressão sanguínea fervendo, as narinas dilatadas como um touro bravo que solta fumaças pelas fuças. Não é possível uma coisa dessas, logo agora, disse para si mesmo, e ficou controlando a explosão, controlando-se, controlando-se, puta merda!

Aquele embrulho na mão, amarrado com um barbante, pedindo urgência para ser desfeito, pois um cadáver de animal não pode esperar muito tempo para ser empalhado. Só espero que ele não entre em decomposição, é tudo o que espero, pensou Amaro. Se ficasse pensando no embrulho, estressaria de vez.

– Esqueceu a chave, seu Amaro?

Nem viu a velha gorda, vizinha, que acabou de subir os três andares do prédio, arfante, reclamando que aquelas escadas ainda iriam lhe matar. Às suas costas, ela perguntou enquanto abria a porta do próprio apartamento.

— Está com problema, posso ajudar?
— Não, muito obrigado. Está tudo bem. Tudo ótimo.

Ela foi entrando, meio desconfiada, fazendo de conta de que não estava interessada na afobação do vizinho. Com um risinho hipócrita, querendo ser amável:

— Se precisar, pode me chamar...
— Já disse, está tudo bem.

A mulher entrou, fechou a porta. Só faltava ela perguntar o que ele trazia no embrulho. Ele era capaz de lhe dar uns tabefes. Amaro tentou de novo, a fechadura não cedeu. Ele desceu os três andares quase correndo. O madeirame da escadaria rangia enquanto ele saltava os degraus. Saiu do prédio, um edifício velho, de paredes carcomidas, e alcançou a rua. Sabia onde encontrar um chaveiro para trazê-lo e consertar a fechadura.

Em meia hora, estava tudo resolvido. Pagou ao homem e disse que ele podia ficar com o troco – sentia-se aliviado por finalmente poder entrar no apartamento. Correu para a mesa e desembrulhou o pacote, o cadáver do sagui não estava fresco, mas também não começara o processo de decomposição. Tirou de imediato a camisa, jogou os sapatos-tênis para o lado. A respiração ofegante.

Passou o resto da tarde, uma tarde calorenta e abafada, a fazer o trabalho minucioso, de cortes exatos, cirúrgicos. Superconcentrado no que estava fazendo, apesar das picadas das muriçocas. Trabalhou incomodado pelas picadas e zumbidos, interrompeu o serviço algumas vezes por causa dos insetos, estava exausto. Mesmo porque o empalhamento, em si, era uma tarefa que exigia paciência e rapidez ao mesmo tempo. No passar da tarde, choveu em alguns momentos, o que serviu apenas para aumentar o calor. As muriçocas duplicaram no que choveu e estiou. Ao final, ele sentiu o vazio da missão cumprida – era sempre assim. Estava ali a peça pronta, o sagui empalhado sobre a mesa.

Para quê? Para nada, respondia a si mesmo.

Enquanto cortava o animal, sentia uma espécie de volúpia. Sangrava o ventre, cortava as entranhas. Fazia-o com prazer vertiginoso, sem perguntas.

Para quê? Para nada. Fechou os olhos.

Sentou-se no canto da sala do apartamento quase sem móveis e mal-iluminado. Ficou de lá, do chão, olhando o sagui sobre a mesa. O bichinho paralisado, numa posição congelada, uma estátua. Voltara a dar uma forma ao animal depois de morto. Dera uma estética a um bicho já sem vida. Riu para si mesmo. O bicho empalhado era sua obra de arte. Parecia uma escultura. Riu de novo. As muriçocas, parece, queriam arrastá-lo.

Mas havia no ar um cheiro que Amaro ficava farejando. Cheiro de quê? De sangue coalhado, de vísceras que precisavam ser recolhidas, espalhadas no chão. E de material químico, que usou no empalhamento. E aquele cheiro agridoce lhe dava conforto.

Como seria empalhar um animal vivo?

Dias depois, voltou a sentir desejo de empalhar. Era preciso telefonar para o Bugrão e encomendar a peça. Um animal vivo.

– Vou querer uma "peça" para amanhã.
– Tudo bem. Amanhã às nove?
– Tá combinado.

Não teve coragem de dizer: quero um bicho vivo. No dia seguinte, foi ao encontro de Bugrão no local de sempre. Chovia às nove. Amaro de guarda-chuva, estava parado no meio do Parque 13 de Maio. As pessoas passavam apressadas e ele ali parado, atento, observando a entrada do parque, na esperança de avistar Bugrão. O mundo parecia desabar em água. O guarda-chuva era quase inútil e Amaro impacientava-se: Cadê aquele estúpido que não chega? Toda vez é isso, aquele atarracado demora com minha encomenda! É de propósito, só pode ser!

Chovia e ventava. Amaro tentava regular o guarda-chuva de acordo com a posição do vento, ficando cada vez mais ensopado. Não conseguiu controlar o guarda-chuva e o vento virou as varetas da cobertura, ficando côncavo.

– Essa porra!

Atirou o guarda-chuva com as hastes empenadas no chão e pisou em cima, com força. Era como se estivesse espancando aquele objeto que não servia nem para protegê-lo. Sentiu-se invadido por uma raiva repentina enquanto a chuva o ensopava. Tudo confluía para sua humilhação. Mas nem a raiva fazia-lhe corar a palidez cerosa, que na chuva parecia intensificar-se.

– Caralho! E gritou alto: caralho!

Sentiu-se um merda.

– Cadê aquele filho da puta, que não chega?

Bugrão apontou no portão do parque, de capa escura, e uma sacola de plástico. Ele vinha quase arrastando os pés, uma coisa que se movimentava sem imaginação. O homenzinho era rechonchudo, gorduroso, e o seu tipo era exatamente o contrário do que o seu apelido Bugrão sugeria, de animal alto e forte. Era antes uma figura esquisita, de rosto redondo, orelhas pequenas, sobrancelhas grossas, alguns dentes a menos.

– E aí, trouxe o dinheiro? Bugrão perguntou, sem disfarçar simpatia.

– An-ran...

– Cadê?!

– Aqui. Tome.

Bugrão tinha mãos infantis.

– O dinheiro está certo? Não vou nem conferir por causa da chuva.

- Lógico que está. .. Você demorou a chegar desta vez.

- Foi?! Ah tá. Vou embora. Tá chovendo demais.

Bugrão foi embora, com a mesma lerdeza. Amaro voltou apressado para o apartamento. Tirou o embrulho de dentro do saco plástico. Era uma cobra, e a carne estava amolecida. Fora morta havia horas. Já começava a feder.

– Não! Não! Não! Gritou, em quase desespero.

Trêmulo, estendeu a cobra sobre a mesa ainda suja do sangue do sagui. Era necessário agir com rapidez, estava indócil. Retirou a camisa, a chuva parecia ter deixado o calor sufocante. E as muriçocas não davam trégua. Amaro olhou fixo para a cobra. Aquele era o seu desafio: iria começar o trabalho e quando começasse não poderia parar na metade do caminho. Virou a barriga do animal para cima, deu um corte fino na pele, evitando tocar na musculatura. Esguichou um sangue ferrugem, fedido.

– Bosta!

Era uma pele muito fina, tinha que se manter bastante concentrado, se fizesse um corte a mais já passaria dos músculos, atingiria as vísceras. Teria que dissecar devagar, com calma, enfiando os dedos por entre a pele e o músculo. A cobra já não estava quente por dentro, e estava flácida, soltando-se com facilidade. Qualquer gesto estragaria.

– Não posso ir com pressa, não posso.

Ia enfiando os dedos, tocando nos músculos, com leveza, impregnando-se com a babinha que liga a musculatura à pele. O líquido pegajoso inundava os dedos enquanto ele avançava por dentro da cobra. E à medida que o couro ia cedendo, saía das entranhas do animal um mau cheiro de putrefação, que tomava conta da sala. As muriçocas pairavam, multiplicadas. Picando-lhe a paciência. Não eram poucas, e ele se contorcia, tinha que ser mais rápido, aquilo estava ficando insuportável. E empalhar exige calma. Não podia parar o trabalho, era obrigado a continuar, mas estava ficando difícil manter a concentração.

Parou por um instante, respirou fundo, com vontade de gritar. Precisava terminar o serviço, jamais se perdoaria por não ter dado o melhor de si. As muriçocas pareciam agulhas finas.

– Preciso de paz! Gritou como se as muriçocas tivessem entendimento.

Voltou a trabalhar afobado e terminou furando a parte de dentro da cobra, as vísceras pularam para fora. O cadáver estava inchado e a membrana das vísceras, como uma linguiça muito apertada, rompeu-se. Havia uns bichinhos brancos movimentando-se. E o mau cheiro aumentou ainda mais.

– Não! Não! Não!

As lágrimas caíram e a vista ficou turva. Largou o cadaverzinho na mesa, sentou no chão, as pernas dobradas na altura do peito, apertando a cabeça com as mãos. Gritava e chorava sem controle, passando as mãos meladas de sangue no rosto.

Chorou o quanto pode. Fracassara. Como seria empalhar um animal vivo?

Depois recolheu aquela merda num saco plástico e amarrou, para conter o mau cheiro. Limpou a mesa. Iria jogar a cobra em algum lugar distante. Como seria empalhar um ser vivo? Amaro terminou adormecendo.

Foi uma noite complicada para dormir. Sonhou que estava caminhando num local fumegante, um pântano, com sapos e cobras. Os sapos falavam, dizendo que queriam comer almas humanas. E Amaro continuava a caminhar lentamente por entre uma fumaça densa, de odor insuportável, até chegar a uma mesa repleta de pássaros e saguis. Pegou um bicho vivo para empalhar. E o bicho, do qual ele não distinguia a forma, disse-lhe:

– Eu tenho alma!

Acordou molhado de suor, aflito. Deu a noite por encerrada. De manhã, quando foi para o trabalho, jogou o saco com o cadáver estraçalhado da cobra num depósito de lixo da rua. Naquele dia, trabalhou de mau humor. Trabalhava num hospital, onde dava plantão como enfermeiro. Era do hospital que desviava os bisturis, as tesouras cirúrgicas sem ponta, as espátulas, agulhas, gases e produtos químicos que usava no empalhamento.

Semanas depois, o desejo. Telefonou para Bugrão.

– Dessa vez, quero um animal vivo!

– Eu consigo, mas o preço aumenta.

Amaro ficou calado.

– Como é, vai querer ou não? É pegar ou largar... Tem preferência por algum bicho?

– Um papagaio.

– Tá ok. Diga a hora.

O atarracado deveria chegar no Parque 13 de Maio às oito do dia seguinte.

Amaro chegou antes e ficou esperando. Aquele maluco vai chegar atrasado, com uma desculpa esfarrapada, disse Amaro para si mesmo. E Bugrão, com jaqueta amarrotada, que parecia ensebada, demorou mais que de costume. Chegou com aquele corpo gorduroso, passos descaídos, dizendo que estava cismado, que não queria se ferrar. Vender papagaio era cadeia na certa. Tráfico de animal silvestre, previsto em lei, e ele não pretendia passar um segundo da vida atrás das grades.

– Foda-se com a lei! Disse Amaro.

Bugrão recebeu o dinheiro e entregou um cano de PVC furadinho.

– O bicho tá aí dentro, puxando um ronco.

O animal estava dopado. Amaro achou um absurdo o preço.

– É esse o preço do animal. Tem mais a taxa de entrega porque é operação de risco. Eu posso ser preso como traficante. Vai querer ou não vai?

– A peça está em bom estado?

– Não tem nada defeituoso. Tem poucos dias de nascido, mas já tem penas.

– Nada quebrado?

— Coisa de qualidade. Fui.

Amaro voltou ao apartamento, que cheirava a inseticida. As muriçocas sumiram e Amaro trabalharia em paz. Tirou o papagaio adormecido de dentro do cano de PVC, colocou-o sobre a mesa. Ficou esperando que o animal despertasse. Uma espera paciente. Mas quanto maior a espera, maior o prazer, disse para si mesmo. Quando o papagaio acordou, ainda meio zonzo, Amaro aplicou-lhe um anestésico.

Talvez se fizesse o serviço sem anestésico fosse mais excitante. Daria para ouvir os gemidos desesperados, aliás, gemidos não, o chalrear doloroso do papagaio indefeso. Só isso era o suficiente para lhe deixar instigado, sentindo-se superior. O corpo do bichinho foi ficando mole, deixando-se render. Amaro excitadíssimo.

Virou o papagaio de barriga para cima e com a ponta do bisturi fez um corte fininho no abdômen, só na pele, com muita delicadeza. Apareceu a musculatura, cor de rosa, parecia um peito de frango. Um animal muito novo, a pele ainda era uma seda. Foi afastando, com uma espatulazinha, a pele da musculatura, que liberava facilmente. A substância pegajosa misturava-se às mãos. Era preciso ter cuidado para não deixar o sangue molhar a plumagem. Colocou um pó, para deixar a umidade bem pastosa.

O papagaio deu leves tremores, o sangue quente escorrendo. Amaro sorriu com os olhos. Foi retirando as vísceras, o intestino, o bicho se mexendo em suas mãos. Esticando e contraindo as patas. Abrindo e fechando o bico. Deveria estar sentindo dores, pensou Amaro. Faria o que quisesse com aquele corpo. Puxou as carnes amolecidas, presas do tronco à cabeça.

As carnes despregaram, fizeram um barulho surdo quando soltaram. O papagaio morreu. Amaro despregou as asas e as patas do osso da coluna, deixando-as presas só na pele. Finalmente, retirou a coluna e o cadaverzinho murchou, como um balão sem ar. Retirou a massa encefálica, deixou o crânio oco. Toda a parte interna do papagaio foi colocada num saco plástico, bem amarrado, para evitar mau cheiro. Colocou no lixo. De carne, ficaram somente as poucas quantidades das patas, que ele não podia arrancar. E a língua, onde colocou formol. Com o bisturi, arrancou os olhos.

O invólucro do papagaio foi virado pelo avesso e as penas ficaram para dentro, com muito cuidado para não perder as pernas. Finalmente passou a pasta de conserva no invólucro do papagaio e levou-o, sem forma, para a geladeira. Estava orgulhoso, dissecara com precisão técnica, preservando a plumagem. No dia seguinte, faria a montagem. Assim é que deveria ser feito. O processo de armação do animal era complicado e Amaro estava muito cansado.

Como seria empalhar uma pessoa? Achou engraçada essa proposta e foi tomar um banho. Estava exausto. Após o banho foi dormir, estava com uma sensação gostosa, de leveza, de missão cumprida. Dormiu de um sono só e acordou nas primeiras horas da manhã do dia seguinte. Foi na geladeira, retirou o que restou do papagaio. Acendeu a luz da sala, ainda estava escuro.

Desarregaçou o papagaio, empurrando o osso da asa para dentro. Passou com um pincel, por dentro do corpo, uma pasta conservante, com cheiro de arsênico e cânfora. Foi enchendo com algodão e argila, era um trabalho demorado, mas sem estresse. Trabalho de um artesão, dando vida ao animal. Ia enchendo e costurando. Suturando, como diziam no hospital.

O papagaio ficaria para sempre na posição que ele, Amaro, o seu dono, preferisse. De bico aberto, para dar uma plasticidade mais natural. Por isso manteve a língua. Com as asas meio abertas. Uma graça.

– Lindo! Lindo! Ficou primoroso, disse.

Levou a peça para o quarto onde guardava dezenas de peças empalhadas. Colocou-a no chão junto com as outras. Fechou a porta e foi tomar banho, arrumar-se para ir trabalhar.

Como seria empalhar um ser humano?

Riu às gargalhadas, pensando no trabalho que daria, de ter que dissecar todo o corpo, arregaçá-lo, guardar na geladeira. Organizou-se para ir trabalhar. Quando saiu, olhou para a porta fechada do apartamento da vizinha gorda e bisbilhoteira.

Precisaria de muito anestésico. De materiais cirúrgicos maiores. A mulher parecia estar à espreita, pois naquele instante abriu também a porta e, risonha, falou:

– Bom dia, seu Amaro... indo trabalhar?

Ele, seriíssimo:

– Bom dia... Aproveite ao máximo o seu dia...

A mesma língua

Só chego pra abalar, a gostosona do pedaço sou eu: vou daqui pra lá, de lá pra cá, com meu remelexo, estremecendo o chão. Quando chego nesta ponte, acabou-se o sossego dos homens, não tem pra ninguém. Eu sei que sou um pedaço de mau caminho, um avião mesmo. E os coitadinhos passam me comendo com os olhos! Tá vendo minhas coxas, meu nego? Meu decote com os peitos quase de fora, meu rabo de cometa? Sou ou não sou um espetáculo? Eu faço mágica, viu? Rebolo, caminhando que nem uma gata, em cima do meu salto fininho. Não é toda mulher que sabe caminhar assim, se equilibrando nos saltos não. Coisa de artista mesmo, oferecendo o paraíso bem baratinho.

Esta ponte é pequena pra mim. Passeio, desfilo, morrendo de rir. Minha saia curtinha quase falta pano para cobrir a polpa. É paisagem pra quem tem coração preparado, senão morre. Morre de tesão ou de inveja. E quem quiser que fique me filmando. Faço de conta que nem ligo, fico dando corda. Rebolo bem muito, só de mal. Se os carros no meio da rua quiserem bater uns nos outros, que batam. Estou aqui é para arrasar mesmo. Lá vem aquele fortão com cara de safado e eu digo logo: você tem chance de chegar no paraíso. E ele passa me chamando de cachorra.

Aí é que rio mesmo: olhe aí Bina, aquele galego me chamou de cachorra. Bina late satisfeita. Cachorra aqui é Bina, porque sabe latir e botar a língua pra fora. Da minha parte, quando boto a língua pra fora é pra fazer charme. Sou gostosa porque nasci assim, passo a ponta da língua nos lábios e caminho rebolando, pois mulher gostosa passa a ponta da língua nos lábios e deixa os olhos pesados. Não brinque não, que eu posso lhe mostrar o céu – eu digo a esses homens que passam. Quer ser feliz? Me siga.

Podem me chamar de qualquer coisa, que nem ligo. Podem me chamar de santa e de quenga, que eu gosto. O que não aguento é a indiferença! Eu estou aqui é para ganhar dinheiro, encher minha latinha, é o meu trabalho. Homem indiferente não contribui. Um dia eu estava muito puta da vida e um doutor de paletó passou por aqui e fez de conta que eu não existia. Sabe o que eu fiz? Ele passou, mal pisando no chão. Passei a mão na bunda dele. O doutor deu um pulo, disse epa! E eu joguei meus cabelos para trás e saí dando gargalhada. Todo mundo riu da cara dele.

Rebolo, faço a minha parte, tenho prática de desfilar nesta ponte. É para arrasar? Não seja por isso, já vivo de bacurinha quente. E os homens passam e jogam umas moedinhas na latinha. Bina late agradecendo, essa cachorra é sabida. Ela entende que dinheiro é coisa boa. Desfilo e mostro material de primeira. Esses homens ficam me devorando. Vai comer aqui ou quer que embrulhe? Ainda morro disso. Não posso ouvir o barulho das moedinhas na minha latinha. Presta atenção no serviço, Bina, pra ninguém levar nosso apurado.

A boca daquele que está vindo, meu Deus do Céu, que coisa gostosa é aquela? Vermelha e fofinha, bocão de tarado, e eu fico que não me aguento. E eu consigo tirar os olhos da boca desse macho? Pode me morder. Pode me lamber. Pode me dar chupão. Com um homem desses eu deixo ele fazer o que quiser. Sou capaz de deixar ele até vestir minha calcinha, porque tem homem que gosta disso, viu? Ele é meio pálido, magro, mas tem a boca gostosa. Parece uma estátua de praça, de tão perfeito. Será que ele beija? Ele beija?

– Moço, o senhor beija?

Ensimesmado e apressado, Amaro passou, e se viu a mulher na ponte, fez que não viu. Vinha esbofado, irritado, tomado pelo calor, um mormaço que subia do calçamento e tomava-lhe o corpo. Envenenado de raiva e apreensão, caminhava sem rumo. Saiu do Parque 13 de Maio onde ficara horas, na esperança de encontrar Bugrão, o fornecedor das "peças". E nada. Seria capaz de se humilhar diante dele, implorar-lhe:

– Traga-me os animais para eu empalhar!

Mas Bugrão, da última vez que fora ao parque levar uma "peça viva" para Amaro, dissera que não tinha mais interesse em fornecer os animais e sumiu. Até o telefone desligou ou mudou de número ou desativou ou sabe-se lá o quê. Agora, onde Amaro poderia adquirir animais, de preferência vivos, para empalhar? Vivos, vivos, sim vivos! O desejo de empalhar os animais vivos transformara-se em volúpia. Precisava sentir essa sensação, essa descarga de adrenalina. Era uma necessidade quase física: o tempo estava passando e ele se via preso a um capricho de Bugrão. Crispava as mãos enquanto andava, se tivesse uma barra de ferro e encontrasse com aquele imbecil seria capaz de esmagar-lhe a cabeça. Golpeá-lo até a morte. Envolvido nesse ressentimento, Amaro cruzou ruas, era um homem só, absorto e confuso. O rosto anguloso e pálido. O corpo ensopado de suor, quando ele atravessou a ponte.

Mas o quê? Ele nem me deu bolas! Igual ao doutor de paletó, que eu passei a mão na bunda. Como é que um homem com H passa por mim, eu dando mole, toda saliente, e ele faz de conta que não vê? No mínimo era para ele pensar assim: se ela aqui na ponte é este furacão, imagine dentro de um quarto! Mas não. Ele passa como se eu fosse uma estátua em cima da ponte. Nem olhou nem jogou um centavo na minha latinha. Isso é uma desfeita. Fique você sabendo que eu sou mulher para homem que gosta de comer carne, ouviu, seu amarelo? Magrela com cara doente! É isso mesmo!

Eu toda linda e maquiada, e esse merdinha passa e faz de conta que não vê. – Sabe o que é isso, Bina? Isso é coisa de homem complicado. Tá na cara que o homem aí tem um problema. Vou lhe ensinar uma coisa, Bina, preste atenção, porque sou mais velha e mais experiente do que você. Homem difícil, das duas uma: ou é frango ou tem pau pequeno. Passando abacaxi, que eu tomei leite!

– Pequeno polegar! Pega ele Bina!

Com o xingamento da mulher, os transeuntes caíram na gargalhada e Bina levantou-se, diligente, correu atrás de Amaro. Ficou acuando-o, esganiçadamente. Porra, o que é isso? Esse barulho todo é comigo? Ele se perguntava, atônito. Estava tão compenetrado, revoltado por não ter encontrado Bugrão, que lhe pareceu ter a cadela saído do nada.

Amaro ficou se perguntando: o que eu fiz com essa cadela? Bina chegava mais perto, latindo, furiosa. E as pessoas riam da situação. Ele teve impulsos de sair correndo, evaporar, sumir dali. Que vergonha! Comigo não! Gritava no íntimo. Sempre fizera esforço para não chamar a atenção sobre si, para passar despercebido.

E a cadela, ao contrário, o achincalhava. Gritou com a força dos pulmões:

– Saia! Saia!

Qualquer coisa que ele fizesse era como se colocasse gasolina no fogo. Bina dava mais ladridos. E ao mesmo tempo Amaro não podia ficar parado, vendo a cadela apta a atacá-lo. Se pudesse, agarraria a cadela, sacudiria, estrangularia ou a jogaria na paredinha da ponte para vê-la estourando. E enquanto mais espantava a cadela, mais ela latia e mostrava os dentes. Certas coisas só acontecem comigo, pensou, vermelho. Seria melhor ter um ataque cardíaco fulminante que passar por aquele vexame.

– Saia! Saia!

Não havia jeito. Puta merda! O que essa cachorra tá querendo?

Maquiada, de saia curtíssima e sapatos de saltos altos, a dona da cadela aproximou-se:

– Já basta, Bina! Volte para cuidar da latinha!

A cadela pareceu ter entendido a ordem e parou de latir. Voltou correndo. A mulher olhou, riu debochada, e disse:

– Isso é para você aprender a nunca mais me esnobar!

Jogou a cabeleira para trás e saiu, rebolando, às gargalhadas. Amaro ficou olhando-a, respirando fundo. Não acreditava que tinha passado por uma situação vexatória. Era um idiota, sentia-se um idiota. Queria morrer. Sentiu-se um babaca, abobalhado. E seguiu apressado. Andou mais uns metros e virou-se.

– Como seria empalhar uma pessoa?

Esboçou um riso leve, com o canto da boca, enquanto observava a mulher se distanciar.

Amaro voltou para casa, subiu as escadarias que davam para o apartamento, no terceiro andar de um prédio que parecia empalhado pelo tempo. Um edifício mal iluminado, sombrio. Continuava nervoso, agitado. Estava sentindo falta de tocar no corpo quente de um animal anestesiado, cortar-lhe a pele com o bisturi, sentindo o bicho indefeso e adormecido, contorcendo-se. Abrir a pele, o sangue morninho a escorrer-lhe pelos dedos. Arrancar, com muita paciência, o couro da musculatura, desvencilhando-se daquela substância pegajosa. Era isso o que desejava. Sentir os ossos frágeis dos bichos em suas mãos.

Mas quando? Quando? O filho da puta do Bugrão sumira. Teve vontade de gritar, de quebrar tudo dentro de casa, de atirar na parede o que encontrasse pela frente, quebrar vidros de anestésicos que trouxera do hospital onde trabalhava como enfermeiro, cortar-se com bisturis e canivetes, de sair correndo escada afora. Mas conteve-se, ficou combalido, respirando fundo.

Tinha um cansaço desesperador. Estava tão sem energia, que ficou ali, parado. Sentia apenas as picadas de muriçocas, uma verdadeira praga. Começou a chorar, impotente. Não sabe em que momento adormeceu como quem desmaia. Não soube se dormiu por uns instantes, ou por algumas horas, e acordou com uma dor como se a cabeça fosse explodir. Uma dor que lhe impedia até de abrir os olhos. Levantou-se, sentiu náuseas, vertigens. A luz doía-lhe na vista.

Mesmo assim, conseguiu se levantar. Estava mareado, desequilibrado. Os olhos pareciam ver duas imagens de cada coisa. Um martelo a bater-lhe dentro da cabeça. Saiu tateando, pegou uma caixa com comprimidos que havia sobre a mesa e o colocou na boca. E depois mais outro. Quase se arrastando foi à copa, pegou um copo, encheu de água da torneira e bebeu. Ficou ali mesmo no chão. Apagado, até perder a noção do tempo.

Devia ser tarde da noite quando finalmente despertou, agora totalmente aliviado das dores nos olhos, na cabeça e das vertigens. Levantou-se ainda atordoado. Passou a mão no rosto de palidez encerada. Mesmo assim, o desejo era o mesmo: queria um animal para empalhar! Um animal vivo!

– Como seria empalhar uma pessoa?

Riu, um riso preso no ar. Resolveu sair, andar pelas ruas, não havia o que fazer dentro do apartamento. Andou para cima e para baixo, passou por uma pessoa ou outra. Lembrou-se da humilhação que passara na ponte, de manhã. Aquela puta nojenta! Ela tinha que pagar pela vergonha que lhe causara. Dirigiu-se à ponte, com passos rápidos.

A mulher não estava lá. Nem ela nem a cadela. Ouviu quando a mulher falou o nome da cadela. Era Bina. Cruzou a imensa ponte, como fizera logo cedo, mas agora vazia. O mundo era um vão. Dirigiu-se à praça, ali perto. Estava sem rumo certo. No jardim da praça, adiante, havia uma mulher, de aparência decadente, parada diante de uma escultura de bronze, próximo a algumas palmeiras imperiais. A mulher olhava como que hipnotizada para a escultura.

Era uma escultura em tamanho natural, sobre pedestal baixinho. Ficava quase da mesma altura da mulher. Uma deusa grega, com formas leves, graciosas, harmônicas, esculpida como se dançasse com esvoaçantes lenços. A mulher estava diante da escultura, como se ela mesma estivesse petrificada, em transe. Olhava fixamente, sem fazer nada, admirando as formas, o movimento congelado da deusa. Amaro aproximou-se.

Era a mulher da ponte. Mas estava tão compenetrada que nem deu pela sua presença. Ela continuou olhando a escultura por vários minutos, em silêncio analítico, e depois de observá-la demoradamente, retirou um pequeno objeto de dentro do sutiã. Amaro não viu exatamente o que era. A praça estava mal iluminada.

A mulher passou o objeto nos lábios e, imediatamente, nos lábios da deusa grega. Amaro se aproximou ainda mais. Claro – era um batom.

A mulher continuava sem se importar com a presença de Amaro. Era como se ele não estivesse ali. Depois de pintar os lábios da deusa grega, ela guardou o batom calmamente entre o sutiã e o seio e aproximou o próprio rosto ao da estátua. Fechou os olhos e beijou demoradamente os lábios da deusa grega, com doçura, tocando-lhe libidinosa, lânguida, o corpo esculpido em bronze. Quando se afastou, olhou para Amaro e soltou uma gargalhada muito alta, chamando a atenção de Bina, que estava ali por perto. Ela veio latindo.

– Eu gosto de olhar para esta estátua. Ela é muito novinha e alegre. Olhe as perninhas dela. O jeito da cabeça. A cara de safada. Ela é safada. É ou não é? Se eu tivesse um lenço fininho que nem esse que ela passa no corpo, eu tirava a roupa e ficava nuazinha, na ponte, passando o lenço no meu corpo, imitando esta estátua. Ela é a coisa mais linda do mundo. Só esta estátua é mais bonita do que eu!

E caiu na gargalhada de novo. Bina latiu, latiu, latiu. A mulher disse:

– Eu sei imitar ela, tá vendo? Eu sei fazer a pose dela. Veja. A perninha na frente, a mão desmunhecando, a boca meio aberta e meio fechada... Ela é nova, é muito novinha, não é?

— Quem é novinha? Essa estátua? Ela está aí desde que fizeram esta praça...

— Todo macho é meio burro... A mulher da estátua não envelhece, é sempre novinha. É isso que eu estou dizendo. Eu acho que fui assim também, quando era nova. Era ou não era, Bina? A cadela pareceu entender a pergunta e latiu, balançando o rabo. A mulher lhe respondeu:

— Tu *sabe* de nada. Tu nem me conheceu quando eu era cabaço!

E depois disse ao homem:

— Essa mulher aí é minha santa... Eu já fui assim, que nem ela... uma santa.

Passou a mão nas pernas da estátua. Parou na altura do sexo. Bina continuou latindo, cercando o homem. Só então a mulher percebeu que era o homem que passara na ponte de manhã. O homem da boca gostosa.

— Que boca! Me dá um beijo!
— Eu não beijo boca de puta!

A mulher foi firme:

— Beija! Você beija!
— Homem que beija a boca de uma mulher da sua qualidade chupa a pica dos outros por tabela.
— Gosta de se fazer de difícil, né? É aquela história que lhe contei, Bina...

Fora humilhado de manhã, agora precisava se vingar:

— Mulher que nem você é só o buraco e a catinga!
— E homem da sua marca não gosta nem de uma coisa nem da outra.

Só dando uns supapos nessa puta, pensou Amaro. Em tom ameaçador:

— Eu só beijo na boca de mulher limpa.

Ela, provocativa:

— Mas, frango!

Amaro nem se deu o trabalho de pensar, levantou a mão para esmurrá-la. A mulher puxou uma faca pequena de dentro da saia, como se estivesse esperando pelo ataque. Apontou para ele.

— Toque em mim se for macho! Eu lhe furo!

Bina avançou e mordeu-lhe a perna. Ele caiu, gemendo de dor. Já que ele estava caído, a mulher mandou a cadela parar. Ficou olhando para Amaro no chão.

– Bofe difícil só a gente fazendo um teste para descobrir o mistério, viu Bina? Como é... vai me dar um beijo na boca ou não vai?

No chão, Amaro observava a mulher e a cadela ameaçadoras. Pensou: as duas ficariam perfeitas empalhadas. Analítico, disfarçando o ódio. Precisava ser estratégico e inteligente. Fingir-se humilde para não espantar de vez aquelas duas, que desejava levar para casa. Sorriu:

– Você pega pesado!

– Homem comigo é na ponta da faca!

– E ainda quer um beijo... desse jeito você não consegue nada.

– Tá vendo, Bina, ele já está mudando de ideia. É assim que a gente deve tratar os *cafuçus*.

– Eu sei fazer outras coisinhas que são melhores do que beijo na boca. Muito melhores mesmo!

A mulher guardou a faquinha numa espécie de liga que contornava a perna, debaixo da saia.

– Levanta daí.

Amaro obedeceu. Ela olhou uns instantes para a escultura, respirou fundo.

– Eu queria ter ficado assim como essa estátua. Eu era assim, novinha. O tempo passa e essa estátua não muda. Eu queria ser assim, como ela.

Devia estar drogada, pensou Amaro. Aproveitou a deixa:

– Se você quiser... eu lhe deixo assim. Igual a essa estátua. Igualzinha a uma pedra.

A mulher riu de novo.

– Vai te fuder! Você é escroto, heim?!

E caiu na gargalhada.

– Eu juro que sei fazer uma pessoa ficar igual uma estátua. Juro. Eu sei empalhar.

– Que porra é isso?

– Vamos lá em casa, que eu lhe mostro. Você e essa cachorra miserável que não para de latir. Minha casa é aqui pertinho.

Bina latia, premonitória.

— Essa cachorra é mais sabida do que gente. Ela está dizendo que não gosta de você.

— Fica quietinha... fica quietinha...

— Ela não fica não... E eu só vou na sua casa se você me der um beijo na boca.

Amaro ficou olhando para a mulher. Era pegar ou largar. Chegou ainda mais perto, deu um beijo rápido, lábios tocando nos lábios. Valia o sacrifício. Rapidamente.

— Você é fraquinho mesmo. Isso não é beijo na boca. — E dirigindo-se para a cadela — Vai dar uma voltinha, Bina... me dá um tempo... que eu preciso ensinar as coisas boas da vida a esse inocente...

A cadela atendeu de pronto. A mulher olhou de um jeito safado dentro dos olhos de Amaro:

— Beijo na boca é de língua. A língua entrando na boca. Chupando a língua. Lambendo o cuspe.

Depois, com a voz mais doce do mundo:

— Uma mulher mata um homem é na safadeza. E isso eu sei fazer.

Antes que Amaro pensasse, a mulher o agarrou de surpresa, e lasciva, colou seu corpo no dele. O corpo ficou tão colado que Amaro pode sentir o contorno das curvas redondinhas, o calor, os peitos durinhos se movimentando com a respiração, as pernas grossas se enroscando nas suas. De imediato, ela enfiou-lhe a língua na boca. Amaro parece ter gostado porque não resistiu e deixou-se beijar profundamente.

Com as unhas de fora

Em vez de lhe afrontar, xingar de velho ridículo, preferi dar-lhe uma bofetada. Os homens só entendem as linguagens objetivas.

A mão bem aberta, os dedos separados, uma pancada quase no pé de ouvido, que é pra você aprender: se vocês bem soubessem não diriam certas coisas a uma mulher, Benjamin. A navalha das palavras, por razão que desconheço, é arma cortante num espírito feminino. Principalmente para as que já estão em idade avançada, como eu, convém ser cuidadoso com o que se diz. Sob o risco de receber um tapa no rosto, com a energia e a força debilitadas do meu braço, o braço de uma mulher de 78 anos.

Um tapa de uma mulher como eu não dói. O que dói é receber tapa de uma mulher como eu. E você nem esperava, pois sempre fui tão conformada, quieta e complacente, o olhar calmo. Sempre suportei tanto, com a minha paciência de esposa resignada. Daí a sua surpresa, ao ficar me olhando entre assustado e horrorizado, como se estivesse diante de uma louca varrida. Tive vontade de desatar a rir, de gargalhar, quando disse "você está fora de si" e levou a mão ao rosto, no local do bofetão.

Para agradar eu sempre lhe ouvi, resignada, as prepotências, suas sabedorias entre aspas, pois você era infalível; tive que calar todas as vezes em que fui obrigada a concordar com suas opiniões, e eu dizia que elas eram perfeitas – mesmo sem sê-las. Suportei muitas coisas, inclusive as ironias e brincadeiras de extremo mau gosto como as citações machistas retiradas de livros – uma das suas manias é ler e repetir as citações – me achincalhando como aquela atribuída ao teólogo alemão Lutero dizendo que o pior adorno que uma mulher pode querer usar é a sabedoria.

Suportei tudo, menos você ler os meus contos e desdenhar dos meus sonhos, dizendo:

— Você copiou esses contos de que livro?

(*O amor é escatológico*. Esse é o título do livro que escrevo. São contos aparentemente independentes, mas que terminam formando uma teia, completando-se, como se fossem capítulos de uma novela, com personagens de comportamentos estranhos, asquerosos, insuportavelmente cruéis, cheios de sentimentos primitivos da natureza humana — veja a que ponto cheguei, Benjamin.

Não é o esboço sem graça da minha vida. São enredos com vivacidade, com detalhes excitantes, baseados em coisas que vi, que senti ou vá lá... em que prestei atenção enquanto assisto à TV. Falei das minhas experiências, sem viver aqueles relatos. Inventar outros mundos foi a forma que encontrei para alimentar minhas ilusões. Veneno de cobra).

Uma mulher na minha idade perde as forças. Mas eu bati com o que me restava. Seu rosto, tão cheio de rugas quanto o meu, ficou marcado com a bofetada. Eu trinquei os dentes com ira acumulada e minha mão estalou carimbando-lhe de vermelho. Marcou e era para marcar mesmo, Benjamin.

Pois eu também fiquei marcada de raiva e perplexidade todas as vezes que, durante esses anos todos do nosso casamento, eu quis falar coisas importantes, contar os meus planos e sonhos. Eu sempre sonhei secretamente ser escritora; sempre quis dizer: eu sou uma escritora! E você, se alguma vez me ouviu, não deu a mínima. Nada é mais explosivo que tratar uma mulher com indiferença, Benjamin.

(Num dos contos a personagem é uma pedinte que fica desfilando na ponte. Ela é provocante, amoral, diz e faz coisas de chocar os mais conservadores. Benjamin jamais imaginaria que eu seria capaz de escrever sobre uma mulher como ela. Imagino-o dizer:

— Como pode uma velha com quase 80 anos não ter vergonha de escrever sobre uma mulher decaída que se dá ao vício da bebida e abre a válvula dos escândalos, agredindo com palavras e gestos obscenos moços e senhores da sociedade que passam pelo infortúnio de atravessar a ponte?

E eu lhe responderia, misteriosa:

– O escritor tem um pouco dos seus personagens...).

Escrever contos era o meu desafio. Para mim eles são o gênero mais nobre da ficção. Foram anos de exercício para chegar a esses que lhe mostrei, Benjamin. Achei que eles estavam com qualidade de serem revelados, pois produzi diversos outros que meu senso crítico não permitia assumi-los. Escrevi coisas risíveis, mas esses, sinceramente, orgulharam-me. Era importante ouvir sua opinião, balizadora de minha autoestima.

Escrever é coisa de louco, e eu persigo um sonho maluco. Desde que me lembro da minha vida estou escrevendo. Mas nunca tive coragem de expor texto algum à crítica. Sempre escrevi, hábito que se tornou muito mais frequente na maturidade, pois acho que todas as mulheres precisam de um subterfúgio. Eu escrevia por estratégia. Minha esperança era de um dia meu marido descobrir que a mulher com quem ele dormiu por quase 60 anos era outra. Estes contos eu fui tecendo enquanto ficava sozinha em casa à tarde, assim como escrevi vários outros textos, sozinha, em casa, à tarde. Imaginava o meu marido com esses originais nas mãos, estupefato:

– Nunca pensei que você fosse capaz disso!

Eu acharia divertido, certamente. A gente nunca conhece totalmente a pessoa com quem casou, eu lhe responderia, altiva e sugestivamente. Mas, não. Você, Benjamin, cegou-me com sua pergunta:

– Você copiou esses contos de que livro?

Esses contos não foram copiados de livro algum, seu merda. Fui eu mesma quem os escreveu, arrancando-os das minhas desilusões, espremendo-os das minhas dores. Eles me deram um trabalho danado. E um prazer imenso, pois escrever é um exercício de alegria e dor. Não os fiz de uma vez, mas fui procurando palavras, descrevendo reações, cenários. Tudo muito detalhadamente, com paciência e cuidado, com esmero igual ao de uma aranha na parede que fica rondando insetos para se alimentar.

Eu os escrevi no silêncio dos meus dias. Anos e anos, sempre lhe vi saindo, impecavelmente vestido, sem um vinco no paletó, cabelos repartidos na lateral, com a postura de quem é dono da situação, enquanto eu me mordia em casa, cheirando a tempero e desinfetante. Sem ter o que fazer, restavam-me como opções ler, escrever e ver televisão. Fazia tudo isso, achando que um deus misógino, condenara-nos, mulheres, à sina de suportar a arrogância dos homens.

(Escrevi também um conto com um homem, um empalhador de animais, que tem uma arrogância mórbida, uma crueldade chocante, sem esperança.

O homem empalha os bichos ainda vivos. Não se sabe o que terá acontecido na vida dessa criatura, que mais parece um criminoso em série. Talvez lhe sucedera um trauma emocional, a tal ponto de ele perder todo o sentimento de humanidade.

Sabe como eu descrevi a crueldade dele? Tirando do meu cotidiano. Vinguei-me das minhas raivas reprimidas. Rasguei animais pensando em minhas mágoas. Encontrei soluções prosaicas para dar realidade ao meu personagem. De tanto tratar galetos congelados na cozinha, escrevi as cenas em que ele vai despregando a pele da musculatura dos animais. Galeto tem uma baba viscosa entre a pele e os músculos, não deve ser muito diferente dos outros bichos.

Um dia a mulher da ponte e o empalhador se encontram. Ele a vê beijando uma escultura. É a crônica da desesperança, do último fósforo que se acende em plena ventania. Quem pode garantir que o amor é realmente uma força transformadora? Parece-me, antes, escatológico).

Em quase 60 anos de casados suportei muita coisa em seco, mesmo nos dias dos hormônios enlouquecidos da minha juventude. Foi-se criando um abismo de mágoa e decepção, um mal-estar resignado, uma coisa subterrânea, como se fosse escura e pantanosa, ótima para aninhar uma cobra no coração.

Quem escreve tem uma cobra venenosa dentro de si. E esta sou eu. Calei-me muitas vezes, mas agora não pude suportar seu descaso, sua provocação dispensável. A pancada no seu rosto é meu desabafo. Eu escrevo coisas inimagináveis. Escrevo coisas que só uma cobra criada escreveria. E saiba que eu nunca fui aquilo que você pensou que fui.

Você ficou me olhando após o tapa, sem me reconhecer. Agora, sim, você percebeu que nunca soube quem eu sou.

– Eu sou uma escritora, seu idiota!

Eu te enganei esse tempo todo: quando, às vezes, você me viu quieta, calma, diante da televisão, parecendo não perder nenhum detalhe do que se passava na telinha, na verdade estava ardilosamente calma. Pensando no que iria escrever. Cobra venenosa arquitetando o bote.

(Certa vez o empalhador de animais adquiriu uma cobra morta para empalhar. Correu para o seu apartamento, onde iniciaria o trabalho de imediato. Ele temia que o cadáver, embrulhado num saco de papel, entrasse em decomposição.

Em casa, estendeu a cobra morta sobre a mesa. Quando ele fez o corte com o bisturi, para iniciar o empalhamento, sentiu o mau cheiro insuportável invadir o ambiente. Por fora, o cadáver estava bem. Mas, por dentro, a cobra apodrecera. Não servia sequer para empalhar).

Certa noite, sentados no sofá da sala, assistíamos ao noticiário da televisão. Eu lhe disse, com um fio de voz que quase não saía:

– Hoje eu comecei a escrever...

– Psiu! Depois você fala. Vamos prestar atenção no repórter.

O máximo que se permitiu falar, sem tirar os olhos da televisão:

– Elvira, cadê aquele cafezinho gostoso?

Levantei-me bestificada: a cobra contraiu o corpo, depois distendeu a musculatura, as escamas enfileiradas se alongaram, e assim fui rastejando, peçonhenta, até a cozinha. Mas, quando voltei, trouxe a xícara fumegante no pires. Com a voz mais doce do mundo:

– Quer biscoito também, querido?

Quando não havia nada mais interessante para se ver na televisão, fomos para a cama e eu desejei ser uma serpente, das pequenas, para enfronhar-me no travesseiro e, enrodilhada, atacá-lo premeditadamente. Cobri-me com o lençol até a cabeça, escondida, cobra em esconderijo úmido e quente.

(Saiba que eu escrevo como se quisesse picá-lo, inocular-lhe o meu veneno, mortífera. Mas de certa forma, vejo que você tinha razão – como poderia acreditar que tinha sido eu a autora daqueles contos? Logo eu, que sempre levei uma vida de réptil, tão subterrânea, poderia escrever algo que merecesse sua credibilidade?

Certa vez, li uma frase de um dramaturgo francês, Jules Renard, numa dessas revistas femininas, dizendo assim: "Escrever é uma maneira de falar sem ser interrompido". Fiquei pensando tanto nessa bobagem, sem saber se concordava ou discordava com isso. E terminei achando que ele estava certo.

Até pensei em escrever minhas memórias e passei a registrar minhas experiências, sem ser necessariamente uma autobiografia. Mas eu achei que estava me expondo demais. Vi que eu não tinha uma história excitante e muitas coisas eram previsíveis. O meu mundo era repetitivo e velho.

Rasguei muitas coisas, escrevia e rasgava. Mas foi escrevendo que fui-me descobrindo, encontrando as palavras certas para minha vida, entendendo o significado das coisas. Já era o veneno da cobra que me alimentava quando estava com fome. Venci o desafio de começar a escrever. Mais tarde, aventurei-me nos contos, sem jamais pensar em publicá-los. Pus as unhas de fora. Era tão importante que, ao ler os meus contos, tivesse me dito:

– Você me supreendeu...).

Minha vida sempre foi a de dona de casa. Quando você trabalhava, saía, eu ficava cuidando dos filhos e dos afazeres domésticos. Aposentou-se, mas continuou sem parar em casa. Sai à tarde, acho que vai passear, não sei. Nunca ousei perguntar. O que estou dizendo, Benjamin, é que me sinto sozinha. Mas eu coloquei limites na minha infelicidade: via televisão, mas também lia e escrevia. O que era bem mais perigoso.

E esse perigo é quem justifica muitas coisas em minha vida. Um ódio incontrolável transbordou diante do seu riso irônico quando eu disse:

– Quero-lhe mostrar meus originais...
– Como assim... originais?!
– Eu sempre escrevi, Benjamin, artigos, contos...

Pediu-me para ler os contos.

– Você está botando as unhas de fora..., comentou, mal recebeu os originais.

Ao final, em vez de me olhar com atenção, fustigou a cobra pronta para dar o bote:

– Você copiou esses contos de que livro?

Ainda pensei em lhe xingar. Mas os homens só sabem refletir quando apanham.

O homem que lê

"O homem que lê perde a paz".

Benjamin lembrou-se da frase, essa que lera num dos livros recomendados por Evilásio. Por alguns instantes ficou reflexivo, com um ar de gravidade, mas terminou sorrindo, como se confirmasse aquilo. E a repetiu para sua mulher, Elvira, esperando um comentário, mas ela não perdeu tempo com filosofias, antes esboçou um riso meio sem graça, para depois afirmar com sincero pragmatismo:

– Se a leitura não está lhe fazendo bem pare de ler.

Benjamin permaneceu pensativo. Elvira, sugestiva:

– Com certeza você não está se referindo aos livros daqui de casa. Passo os olhos na nossa estante e não encontro um único que roube a paz de espírito de uma criatura.

Fez de conta que não entendeu o que ela estava querendo dizer, mas já sabia aonde a conversa iria dar.

– Talvez eu não esteja entendendo por que o homem que lê perde a paz. Você está escondendo alguma coisa. Está muito mudado ultimamente...

– Ora, ora...

Nisso ela tinha razão. Em quase seis décadas – décadas! – de casamento, conhecia o marido como a palma da mão. Mas Benjamin nunca se passou a dar explicações a Elvira sobre suas escolhas, decisões, gostos e também não seria agora.

O que Benjamin lhe omitia é que vinha frequentando o *Tony's Drink*.

Ir a bares não chegava a ser um pecado ou uma falta comprometedora, mas nos quase 60 anos ele nunca cultivara esse hábito, e se agora passara a ser cliente regular do *Tony's Drink*, Elvira não entenderia. Se ele chegasse em casa lhe contando que estava indo a um bar, a mulher certamente o encheria de indagações desconfiadas até descobrir razões que lhe convencessem. Eis o perigo.

E um homem precisa preservar seus mistérios. Começara a ir ao *Tony's Drink* depois que reencontrara Evilásio Praxedes há alguns meses. Os dois haviam sido amigos íntimos, professores do Colégio Estadual Ademildes França, nos primeiros anos da profissão. Dessas amizades intensas, mas que terminou sem motivo. Simples assim: Benjamin foi transferido para outro colégio, os dois perderam o contato. Nem parecia que foram quase inseparáveis.

Evilásio, o mais afetivo, sentiu-se como uma criança que cai num fosso. Isso porque Benjamin jamais fez esforço algum para lhe procurar, e Evilásio tinha a consciência de que uma simples transferência de emprego talvez implicasse um afastamento, mas não necessariamente o fim da amizade. Guardou a sensação de que Benjamin afastara-se por conveniência ou descaso.

O reencontro foi desconcertante. Após décadas sem se verem, reencontraram-se por acaso. Apesar do tempo, das transformações que ele provoca numa pessoa, Benjamin o reconheceu e perguntou: você é Evilásio Praxedes, que foi professor do Colégio Ademildes França? O corredor do *shopping center* fervilhava. Benjamin lento e com a aparência de quem estava desconforme no mundo; Evilásio, loquaz e perfumado. Ambos tinham pouco menos de 80 anos e o rosto marcado pelas rugas.

Evilásio teve ímpetos de cobrar caro pela cinza dos anos. Não havia justificativas para o amigo ter se afastado de uma hora para outra. Mas não iria passar o recebido do prejuízo. O que tinha a dizer para o outro? Sorriu, perguntando como vai, como tem passado? Benjamin, sem jeito, fez um resumo da vida: casei, tive três filhos. Evilásio disse meus parabéns, você merecia encontrar uma boa dona de casa. E a mágoa teimosa terminou não se contendo:

– Muitas vezes, eu saí de casa querendo lhe encontrar, por acaso, como agora... Nunca entendi o seu sumiço. Mas já se passou muito tempo...

Benjamin, com uma desculpa que não convenci:

– Nós não tínhamos telefones para facilitar o contato. Naquela época uma linha telefônica era uma coisa tão difícil, né? Quem tinha telefone era rico...

– E se tivesse, ligaria?

Evilásio estava cheio de afetações, visivelmente afeminado na impressão de Benjamin. Em tempos atrás, quando os dois lecionavam, o amigo sempre se comportava com muita discrição, embora não escondesse sua identidade. O máximo que ele se permitia era andar com um livro de Oscar Wilde debaixo do braço. Benjamin disse com certa ironia:

– Vejo que você acompanhou o progresso *pari-passu*.

Evilásio entendeu muito bem o que ele estava querendo dizer.

– Sempre fui uma criatura moderna e informada, Benjamin. Não me entrego. Ao contrário de outras pessoas da minha idade, que para serem enterradas, só falta se deitarem num caixão.

A mágoa é combustível que não arrefece. Restou a Benjamin responder com humildade:

– Realmente eu continuo pacato e simplório...

– Já eu cultivo expectativas positivas, com bom humor e alegria...

Não tinham mais o que dizer, despediram-se, e quando já estavam seguindo em direções opostas, Evilásio teve ímpetos de gritar chamando Benjamin. E gritou, como pôde. Em meio às pessoas que iam e vinham no corredor do *shopping center*, Benjamin voltou, desejando que aquela situação do reencontro acabasse logo, pois era muito tímido.

Evilásio queria dizer-lhe apenas, e disse, que vivia muito feliz. É o que lhe desejo, respondeu o outro. Evilásio contou-lhe que, desde a aposentadoria, resolvera não ficar mofando dentro de casa, virou funcionário do bar de uma amiga, onde trabalhava à noite. Benjamin mostrou-se surpreso dizendo que esse fato lhe causava "espécie", pois ele, que devia ser mais ou menos da mesma idade, não tinha menor disposição para trabalhar num bar. E perguntou: e o que você faz à noite num bar? Evilásio respondeu: eu canto. Outra surpresa, pois desconhecia essa faceta do amigo. E reafirmou:

– Já no meu caso, eu estou querendo apenas sossego... foi um prazer revê-lo.

Evilásio entregou-lhe um cartão com o endereço do bar.

– Agora você sabe onde me encontrar.

E recomendou uma visita, disse que era um ambiente onde ele iria se sentir muito bem.

– Passei da idade de ir a bares.

– Mas esse é um bar especial. Realmente, à noite, é movimentado demais para quem está velho – disse velho com desdém, sublinhando, e continuou – O bar à noite é uma coisa, mas à tarde, é diferente de todos os outros que você já ouviu falar, pois oferece livros para os frequentadores passarem o tempo. É muito agradável.

– Leitura num bar?

Benjamin nunca tivera talento para intelectual, mas sempre gostou de ler. O gosto pela leitura, inclusive, fortalecera na juventude os laços da amizade com Evilásio, pois os livros sempre foram o assunto predileto dos dois. Um sugeria o que o outro devia ler.

Eram muito jovens e sempre que podiam marcavam encontros nos mais diversos lugares da cidade, nas praças, sorveterias, lanchonetes, para conversar sobre literatura. Entre eles havia uma simetria, um entendimento íntimo e quase egoísta porque não abriam espaço para mais ninguém. Tinham opiniões e gostos parecidos, eram ambos apaixonados pelas leitura e escrita, impregnados de sonhos, de compreensões coincidentes.

A felicidade é charlatã. Havia quantos anos?

– Passávamos horas amalgamados pelos livros, comentou Benjamin, com suas palavras ultrapassadas.

Evilásio sorriu. Nada fora em vão. E disse:

– O bar é como se fosse um clube. Os livros são meus. Eu comprei uma biblioteca inteira.

– Como assim, uma biblioteca inteira?

– Sim, adquiri os livros, obras excelentes, e algumas já foram de catálogo, de um catador de papel que recolhe entulhos no centro da cidade. Ele ganhou os livros de uma mulher enlouquecida, que se desfez dos volumes. O catador de papéis ia vendê-los a peso num armazém de reciclagem, mas eu tive a sorte de encontrá-lo antes que ele se desfizesse daquele verdadeiro tesouro. Comprei a biblioteca toda por uma pechincha.

– Muito curioso.

– E por falta de espaço físico em minha casa, deixei os livros no bar à disposição dos frequentadores. Qualquer cliente poderá lê-los, como se o bar fosse um clube. Basta que o cliente fique consumindo alguma bebida ou comida.

Despediram-se. Benjamin decidiu que jamais iria àquele bar, o *Tony's Drink*. Mas com o passar dos dias foi mudando de ideia, e certa vez, mexendo na carteira, reviu o cartão.

Benjamin fez espuma machucada a creme e água numa pequena vasilha. Em frente ao espelho do banheiro, espalhou a neve no rosto com um pincel, e começou a retirar a espuma lenta e calmamente com uma navalha, dessas de barbeiro. Passou a mão: o rosto só não ficou lisinho por causa das numerosas rugas. Agitou o frasco de Leite de Colônia, pôs um pouco do líquido na mão e deu leves tapinhas na face, para perfumar e afastar os riscos de irritação na pele. Ardeu.

Rolou o desodorante sem álcool nas axilas. Borrifou um pouco do perfume *Joya da Myrurgia* e sentiu no ar a fragrância doce. Arrumou-se calmamente, cabelos penteados a condicionador.

Samba-canção limpinha, paletó verde-musgo completo de linho, passado na goma.

Elvira, sentada no sofá, vendo televisão.

– Nossa! Para onde vai assim tão elegante?

– Vou ao centro. Mas não tardo.

– Este mundo está ficando violento demais. Tome cuidado.

Extremamente magro, já meio curvado pelo tempo, Benjamin foi caminhando da sua casa até o ponto do ônibus, com o paletó verde-musgo impecável, um guarda-chuva pendurado no braço. O tempo não indicava possibilidade de precipitações, mas ele se acostumara a sair com o seu guarda-chuva, não deixava de ser um bastão para apoiamento, mas nem para si mesmo ele diria que era uma muleta disfarçada.

Para demonstrar falsa vitalidade, caminhava como se estivesse sem problemas, como se quisesse demonstrar – provar a quem? –, que ainda estava muito bem, apesar do reumatismo, da vista mais curta que lhe exigia um par de óculos cada vez mais forte. E no seu esforço de parecer bem, aparentava mesmo um velhinho ágil e dinâmico, mas com um estilo desconforme, de elegância extemporânea.

O *Tony's Drink* era exatamente como Evilásio descrevera: os clientes liam, cada um numa mesinha, ouvia-se apenas o som dos ventiladores. As pessoas liam em silêncio, concentradas, e o bar era limpo, as mesinhas confortáveis, melhor impossível. Sentou-se.

Uma mulher masculinizada veio atendê-lo. Pediu uma limonada, um sanduíche e quando o pedido chegou:

– Por gentileza, informe ao senhor Evilásio que estou aqui. Eu sou...

– Lamento, senhor. Mas Evilásio, só à noite. Ele quase não vem aqui à tarde.

Benjamin ficou olhando para o lanche, respirou fundo.

– Posso deixar um recado?

A mulher concordou.

– Tenha a bondade de informar ao senhor Evilásio que Benjamin esteve aqui.

– Eu já sabia que o senhor viria...

– Já?! Como assim?

– Eu sou Tony, a dona do bar. Evilásio me contou que outro dia lhe encontrou num *shopping center*. E que foi um encontro muito... especial... para ele... na verdade, um reencontro inesperado. Ele me disse que vocês foram muito amigos... amigos íntimos na juventude. E que ele lhe entregou um cartão do bar... Ficou certo que, dessa vez, o senhor apareceria...

Benjamin ficou sem saber o que dizer. Minutos depois, quando a mulher veio receber a conta, disse que telefonara para Evilásio informando que Benjamin estava ali.

– Ele mandou dizer que se soubesse que o senhor viria hoje, não teria agendado outros compromissos. Mas sugeriu que conhecesse alguns livros, caso seja do seu interesse.

– Sim, eu gostaria...

Ela disse-lhe que ficasse à vontade, as estantes estavam nos fundos do bar, ao lado do balcão. Apontou para uma salinha ao lado e disse "é ali", pode escolher o livro que lhe interessar.

Era uma pequena biblioteca, diversificada. Benjamin passou longos minutos observando os títulos nas prateleiras. São compêndios da mais alta literatura moderna, disse a si mesmo, com sua maneira empolada de falar.

Puxou da estante *Crime e Castigo*. Foi sentar-se. Começou a ler. Empolgou-se. Lembrou-se: antigamente, quando ele ou Evilásio liam algo que os impressionavam, marcavam um encontro.

Era sempre estimulante conversar, trocar impressões, embebedarem-se de arte. A cada livro, Evilásio ficava querendo interpretar o pensamento dos autores, entender a intenção, o subtexto. E envolvia Benjamin com os comentários, conferindo a qualidade artística, apreciando os critérios estéticos. Benjamin o admirava, achava-o brilhante.

O tempo deixara um buraco, ausência descompensada.

A partir daquela, quase todas as tardes Benjamin passou a ir ao *Tony's Drink*. Elvira a fazer restrições.

– Um homem na sua idade devia parar dentro de casa!

– Ler é bom, aprimora a inteligência, o raciocínio, respondia, evasivo.

– Eu também escrevo, contra-argumentava Elvira. Benjamin não parecia convencido.

Desde que Benjamin começou a frequentar o *Tony's Drink*, Evilásio nunca apareceu no bar. Certa vez Tony, sempre apresentando as desculpas de Evilásio pelas ausências, trouxera uma lista de títulos que ele deixara como sugestão de leitura para Benjamin.

– Uma lista?! Bastaria que ele me recomendasse apenas um por vez. Mas bem, já que ele mandou uma lista, deixe-me vê-la.

Nostálgico, sorriu amarelo, pensou: "Era assim nos velhos tempos, Evilásio descobria os bons livros e me indicava".

Como já estava acabando a leitura de *Crime e Castigo*, atendeu à sugestão. Nas numerosas tardes que se seguiram, transformadas em meses, passou a ler no seu ritmo, os livros indicados, começando por *O idiota*, de Dostoiévsky; depois optou pela linguagem mais subjetiva de *A Metamorfose*, de Frank Kafka; passando pelos romances filosóficos *O Estrangeiro* e *A Queda*, de Albert Camus; e *A Náusea*, de Sartre.

A cada leitura sentia revolta, medo, decepção, atrevimento e desejo de mudar. Por que lera todos esses venenos só recentemente? Tivera uma formação rígida que o fizera incapaz daquele ato de humildade: ler exigia humildade, abnegação.

A vida podia ter sido muito mais interessante, mais ampla. As leituras daqueles livros sugeridos por Evilásio lhes despertaram sentimentos inquietantes como o absurdo da existência, a solidão profunda, a revolta, a angústia e o complexo de rejeição do ser humano.

Na lista que enviara, Evilásio falava-lhe da vida, sem dirigir-lhe uma palavra.

Agora, o que não faltavam a Benjamin eram questionamentos e ausência de respostas. Enquanto isso, o tempo, para ele, esgotava-se implacável. E só então fora percebendo que apenas atravessara a vida, de uma forma medíocre, incerta, movido pelas eventualidades. Nasceu, cresceu, estudou, conseguiu um emprego como professor, casou-se com Elvira, teve filhos que agora viviam cada um no seu canto.

Ele fora bom em tudo, um excelente filho, excelente professor, excelente marido, excelente pai, aposentara-se, tinha se subestimado tanto! A vida fora desperdiçada? Sim – e a vida não poderia ser uma experiência gratuita. O maior prejuízo é descobrir isso tardiamente. E o tempo corria como um trem. Viver é buscar um significado, assim como a leitura dos livros também o é. A vida e os livros falam a mesma língua, pensou.

Elvira já não sabia mais nem o que dizer quando via Benjamin mais uma vez se arrumando para sair.

– Já vai sair de novo?! Eu lhe conheço muito bem! Alguma coisa mexeu com sua cabeça... resmungou.

Ele nem sentiu vontade de lhe responder. Diria o quê? Seria risível dizer que durante toda a vida lera romances leves, descartáveis, e que agora estava lendo coisas densas, que o enlouqueciam. O homem que lê perde a paz, comentou.

Elvira achou que não valeria a pena brigar.

– Acho que isso é só uma fase. Já aguentei até hoje... – Ela comentou consigo mesma. Tantos anos de convivência, uma convivência nem sempre boa, é verdade, mas era tanto tempo em comum, que criou um pântano.

No *Tony's Drink*, Benjamin já era "cliente fidelizado", como dizia Tony. Ela mesma é que vinha atendê-lo. Ele nunca sabia como tratá-la.

– Me chama de Tony mesmo. Nada de senhora. Nada de dona.

E depois, sorridente, íntima, ela mesma dizia:

– Pra ser dona de bar é preciso ser muito macho!

Não podia estranhar – era a amiga de Evilásio.

– Evilásio mandou dizer que você lesse John Donne.

– Muito obrigado pela sugestão.

– É isso aí.

Os poemas não podiam ser lidos sem uma cerveja. Pediu uma garrafa. Nunca bebera, em toda a vida. Tony riu, mostrando os dentes amarelados. E constatou: o homem está mudando, está enlouquecendo com os questionamentos, conforme Evilásio planejou. Evilásio, o que mais desejava, era que Benjamin, que na juventude simplesmente dispensou sua amizade, sentisse a dor de continuar vivendo.

Nos primeiros copos de cerveja, Benjamin sentiu o mundo girar: não se aprende as virtudes nos livros. Nem tampouco se torna amoral. Dias depois, Tony trouxe novo recado. Evilásio mandou ele ler o conto *Bola de Sebo*, de Guy de Maupassant. E Benjamin leu.

– Evilásio mandou perguntar se você já leu algo de Clarice Lispector?

Começou por *Perto do Coração Selvagem*. Leu *Um Sopro de Vida*. Estava claro, tudo claro. Era como se os livros que ia lendo lhe dissessem:

– Muito prazer! Esta é a dor de estar vivo!

Bebeu uma cerveja, já estava acostumando-se a beber. Vivera até ali muito superficialmente, pelos atalhos, como se estivesse fugindo das emoções. Daí por que entendera que o homem que lê perde a paz. O que lera durante toda a vida, a escolha que fizera dos livros antes de frequentar o *Tony's*, era fútil e conveniente.

Bebeu duas cervejas, o que era inédito. Mas não conseguiu beber a terceira. Até tentou, mas deixou-a pela metade. Já estava completamente bêbado.

– O mundo é feito de borbulhas! Disse Benjamin a Tony.

E gargalhou como se aquilo fosse a coisa mais engraçada do mundo. Estava cambaleante, mal ficava em pé sozinho.

Tony o colocou dentro de um táxi. Esse aí está fodido, comentou indiscreto o motorista, que atendia a clientela do bar. Tony recomendou-lhe deixar Benjamin em casa, depois de ajudar-lhe a entrar no carro.

O velho mal pronunciou o endereço, cochilou, tal era seu estado de embriaguez. Quando chegou ao destino, o motorista o despertou: senhor, chegamos. Foi obrigado a ajudá-lo a sair do carro e entrar em casa.

Elvira o recebeu, perplexa. Ele, às quedas:

– Não quero ouvir nem um pio!

No bar, Tony telefonou para Evilásio. E disse, divertindo-se:

– Pode se sentir vingado. Ele agora sabe qual é a dor de continuar vivendo. Missão cumprida!

Coisa de homem

Um homem nasceu para outro – se o sujeito vem tirar onda com sua cara, qual é a sua? Resolver a parada, estou certo ou estou errado? Se não for assim, o homem fica desmoralizado. Igualzinho a um rato. Então, meu velho, você não tem nem que pensar duas vezes. Tome a atitude e depois veja como é que fica. Foi assim comigo, ele riu pra mim e eu não contei conversa, tirei a peixeira da cintura e dei-lhe cinco facadas.

Senti a faca amoladinha topando primeiro no couro, que é a parte mais dura de se rasgar numa pessoa. Mas basta o homem ter firmeza na mão e não perder tempo pensando se deve ou não matar uma criatura. Quando a ponta da faca topa no couro grosso, o negócio é ir adiante, até atravessar. Quem começa o serviço não pode parar na metade.

Depois do couro é beleza, você já sente furando as carnes moles da barriga, deslizando macia, entrando afiada. Meti a faca e no que a arrastei de volta, ela já veio trazendo o fio grosso de sangue quente, melando minha mão. E Josélio gritando: ai ai ai, tenha piedade, não faça isso comigo não pelo amor de Deus. Meti outra vez e puxei, ele querendo segurar a lâmina da faca com as mãos e gritando: pare, você está me matando. Quis segurar minha mão, mas a mão dele tremeu demais, e foi soltando a minha enquanto perdia as forças.

Cinco facadas.

Matar é serviço para homem fazer. Tem que saber segurar a faca, com determinação e raiva, e fazer de conta que está surdo. Nesse caso para não ficar se sensibilizando com os gritinhos do sujeito pedindo para parar. É preciso fazer de conta que não se está vendo o desespero nos olhos apavorados da pessoa que está morrendo. Se o homem se abestalhar e ver o branco do olho do outro, apavorado, não faz mais nada.

Termina não matando. Termina sem coragem para continuar metendo uma facada depois da outra. Quando o homem dá uma facada, é porque decidiu matar. Mas quando vai dar a segunda em diante já é outra decisão. É porque quer fazer o serviço bem feito.

Eu já tinha começado, iria terminar – meti a faca mais uma vez, mais outra, mais outra. E a última. O fio da lâmina entrou como se rasgasse um filé de carne de boi no açougue, de tão mole. E ele gritando, me acudam, me acudam.

Claro que ninguém chegou para acudir.

Faca foi feito para isso mesmo, para cortar. Faca boa é aquela que corta bem. E homem corajoso é aquele que tem vontade firme. Por isso que Deus é homem. Eu me senti poderoso, naquele instante, vendo Josélio sangrando, caindo de joelho nos meus pés.

No que ele caía, segurava em minhas pernas. E caiu olhando para cima, para mim, como se pedisse misericórdia. Eu de pé com a faca peixeira na mão e ele desmontando, aos meus pés. Sem querer, olhei. Foi aí que vi os olhos perdendo o vidro, os lábios esticando de dor. Tive até uma certa pena daquele coitado. Nisso, parei. Chutei, afastando-lhe das minhas pernas.

Matei porque ele ria para mim. Foi o que eu disse.

Da primeira vez que Josélio riu pra mim, eu estava passando na frente da roda gigante. Josélio tomava conta da roda gigante, recebendo os ingressos. Eu nunca tinha visto o cara na minha vida e ele olhou pra mim, perguntou se estava tudo bem e riu, como se já me conhecesse. E me olhou de um jeito que eu fiquei sem graça, sem entender qual era a dele, mas nem dei muita importância. Josélio começou a trabalhar no parque de diversões naquele dia, era funcionário novo. E eu, filho do dono do parque.

Sempre fiz sucesso com as mulheres, elas se derretiam. Eu fazia questão de usar camisa regata, mostrando os músculos dos braços. Não é pra me gabar não, mas os filhinhos de papai teriam que malhar muito em academias para ficar com a minha forma. Ou tomar bomba, massa, esses carboidratos que todo mundo conhece.

Eu era – pra dizer a verdade, sou – todo grande, natural, barriga zero, peitoral malhado. Para ressaltar minhas coxas grossas, as panturrilhas que pareciam de ferro, eu gostava de usar umas calças apertadas. Ainda hoje tenho um corpo de causar inveja, modéstia à parte. E nunca fui dos mais feios. Pelo contrário, sempre tive espelho em casa, então posso falar. Na época, as mulheres é que me paqueravam e eu sempre me fazia de difícil. Quer curtir com um moreninho gostoso? Vai ter que suar, era o que eu dizia, pra tirar onda. Mas bem, eu era casado e não podia estar galinhando.

Quando Josélio me viu passar outra vez, e riu aquele risinho que a gente ri quando vê uma pessoa muito gostosa, eu disse: fala sério. Aí eu fiquei pensando: o que esse cara está querendo? Jeito de viado ele não tem, nem eu. Mas aquilo estava parecendo teste de boiolagem.

– Diga aí, meu irmão!

Ele me respondeu, sempre rindo:

– Tudo beleza!

O cara quase me come com os olhos, me olhou de cima a baixo. Pelo tom da voz dele, entendi – se eu sou um cara que tenho presença, ele estava me admirando. Na moral, olhar não paga, nem estraga, então pode olhar. Eu sou forte assim por causa da herança. É o que minha mãe dizia, com orgulho, porque ela sabia o que tinha em casa:

– Puxou a seu pai.

Sempre trabalhei aqui no parque de diversões. Como meu pai é o dono, desde pequeno me acostumei com o arma-desarma dos brinquedos nas viagens de uma cidade para outra. Nosso parque de diversão não era fixo, estava hoje aqui e amanhã não estava mais. Era uma vida pra cima e pra baixo. Você não para num lugar. E cada vez que a caravana ia embora, desarrumava tudo. Daqui a pouco, já estava em outro lugar, fazia o contrário, arrumava tudo. Sempre peguei no pesado. Meu exercício físico foi esse, o do dia a dia. Um serviço que não é pra qualquer um. O cara vai inchando os músculos até sem querer.

E eu sou assim, moreno, com os olhos esverdeados. Alto e forte, hoje com 25 anos. Se eu quisesse, vivia cheio de rapariga. Mas eu era na minha, casado, tinha a minha mulher. E minha mulher, na moral, era capa de revista. Anabela chamava a atenção. Loirona, gostosona, das coxas grossas, dessas mulheres que o cara precisa ser seguro mesmo, senão começa a dizer que é areia demais para o seu caminhão. Mulher alta, de peitos e de bunda grandes, durinhos, que qualquer homem, quando vê, diz:

– Faz isso não com painho...

Quem tem uma mulher assim, precisa de mais nada fora de casa? Na moral, se existisse um concurso de casal bonito, a gente ganhava. Todo mundo dizia que a gente parecia um casal de artista. A verdade tem que ser dita. A gente se conheceu numa cidade do interior, numa dessas em que o parque fez temporada. O parque foi armado na festa do padroeiro. E eu vi aquele mulherão. Ela deu bolas pra mim e eu quase nem acreditei. Deu tudo certo, a gente se conheceu. Na mesma noite, o namoro começou. Quando o parque teve que ir embora, para outra cidade, ela disse:

– Se você quiser, eu vou com você.

Quando uma mulher abre a boca pra dizer isso é porque ela já escolheu o dono. Ela está na palma da sua mão. Para os meus pais e meus irmãos não ficarem dizendo que iriam arrastar um peso a mais dentro do parque, uma boca a mais para alimentar, então sugeri a Anabela:

– Bem que você poderia ser a monga do parque...

Terminou sendo. E ela começou a fazer o papel, deu certo, o maior sucesso. Mas, como era muito bonita, só saía comigo. Eu tinha o controle, ela ficava no nosso *trailer*, pois todos os casais tinham os seus *trailers*. Mesmo dentro do parque, ela só saía comigo. Ela dizia que não precisava desse ciúme todo, que eu precisava confiar nela. Mas eu sei como é homem e não estava afim de dar mole. Fala sério, um mulherão daqueles.

Quando a gente saía junto, mesmo ela acompanhada, a macharia não tirava os olhos. Imagina ela saindo sozinha. Pô, eu ficava com ciúme. Chegamos a discutir algumas vezes por isso. Ela dizia que não tinha culpa de ser assim, e eu explicava que o problema é que ela chamava a atenção, que era muito atraente. E se eu pegasse um homem tirando onda, não responderia por mim.

Josélio – até então eu não sabia o seu nome – não exagerava, apenas ria para mim todas as vezes que a gente se via. Aquele risinho doce, convidativo . Certa vez, a gente teve oportunidade de conversar, quando me disse:

– Meu nome é Josélio...

Ficou conversando, dando entrada, mas aí eu disse que era casado. Ele pareceu surpreso, eu disse: sou casado sim e minha mulher é uma gata. Ele respondeu que pena e eu caí na gargalhada. Mesmo que aquele não fosse o meu desejo – ficar com um homem – não via problemas que ele me desejasse. Achava até engraçado que um homem pudesse me achar interessante.

Com o tempo, fui sentindo firmeza no cara. Sempre parava para conversar com Josélio quando passava pela roda gigante. A gente ficou com uma certa intimidade, mas nada para se censurar. Jamais ele deu brecha para eu falar qualquer coisa.

Mas se eu usasse uma camiseta, uma bermuda curtinha, já sabia, naquele dia iria lhe deslumbrar. Deixava à mostra meus braços, minhas pernas bem desenhadas e bronzeadas de sol. Eu sei o efeito que aquilo lhe causava.

Já vi mulheres olhando para mim de um jeito que me dava até vontade de perguntar:

– Vai comer agora ou quer que embrulhe para levar para casa?

Por isso, desde que Josélio nunca fosse além, poderia me devorar com os olhos.

Disseram que eu matei Josélio porque ele ria. Foi e não foi.

Josélio fazia tudo o que eu queria. Mas não rolava nada entre nós. Mas eu mandava nele.

Um dia, passei com Anabela toda arrumada e resolvi apresentá-la a Josélio. Foi a primeira e a última vez que ele a viu. Ela estava realmente bonita, o cabelo loiro bem penteado. De calça comprida coladinha, salto alto. Parecia uma modelo. Num minuto os dois se entenderam, pareciam velhos amigos, conversavam amenidades. Josélio, todo simpático, disse que nós dois estávamos elegantes. Anabela respondeu:

– A gente passou duas horas se arrumando. Na verdade, ele, pois eu me arrumo num minuto. Ele não pode ver um espelho.

– Então ele gosta de se olhar no espelho? Josélio perguntou e riu.

– Eu não tenho problema para me arrumar, Anabela respondeu, mas ele fica dividindo o espelho comigo para se pentear...

Os dois riram. Eu fechei a cara. Não faltou assunto para eles. Os dois pareciam muito interessados um no outro, na conversa do outro. E eu fiquei escanteado, ouvindo a conversa, sem espaço. Precisavam ficar amigos? Anabela disse: adorei você, vamos nos ver outras vezes. E se despediram com beijinhos. Fiquei ligado nisso. Ela conquistava todas as pessoas. Eu pensei comigo: porra, até esse boiola?

No outro dia, eu ainda estava com aquilo na cabeça. Muito puto, mal falei com Josélio. Ele riu pra mim, nem cumprimentei. Depois, ele veio e me disse: sua mulher é maravilhosa.

– Por ela eu assumiria minha heterossexualidade.

E riu. Eu ceguei. Tirou onda ou não tirou? Meti-lhe a faca.

A monga

A melhor época do ano para uma criatura enlouquecer no Recife é no carnaval, ou na semana que antecede a festa, porque a cidade já estará pegando fogo e tudo é válido, todas as fantasias são válidas, disso ninguém tem dúvida. Anabela, premeditada, sorriu um riso abafado. Era um raciocínio coerente. Agora, o que lhe restava fazer? Mostrar-se absolutamente normal, claro, para ninguém desconfiar dos seus planos. Agir de forma natural, sem transparecer suas intenções.

– Ainda bem que fevereiro já está em cima!

Faltavam quantos dias? Três semanas, talvez quatro, no máximo. Mal podia esperar a passagem das horas, dos minutos. Mas, para quem chegou até aqui, pensou, o que era suportar um pouco mais? Saberia esperar com paciência fingida.

– Minha sorte é ser mulher; eu sei esperar...

Estava esperando a hora da apresentação, que começaria em poucos minutos. Não fazia outra coisa na vida além daquelas apresentações. Passava o dia sem novidades, as horas se arrastando, um tédio insuportável. Morava num *trailer* do parque de diversões. Sozinha, desde que o marido fora preso.

Ela também se sentia presa naquele cubículo. Já vira, num filme, detentas andando com bola de ferro acorrentada aos pés. Era exatamente essa a sensação. Ficava no *trailer* o dia todo, ora deitada sem ter em que pensar, ora vendo televisão, mexendo nos canais.

Saía apenas para cozinhar num fogãozinho de duas bocas, que não podia ficar dentro do *trailer*. Ou saía para lavar alguns pratos e peças de roupa, na pia comunitária. Às vezes coincidia de, nessas ocasiões, encontrar a sogra. Conversavam amenidades, coisas breves. Com o sogro e os cunhados falava menos ainda, apenas o necessário. Moravam todos próximos uns dos outros, em *trailers* também. Era um parque de diversão mambembe, que percorria as cidades, ficando pouco tempo em cada uma, o que tornava inviável alugar casa ou apartamento. Morar em *trailers* era mais prático e ficava mais barato.

Anabela não gostava do sogro e dos cunhados, homens de pouca conversa. O que tinham de silenciosos, na mesma proporção eram egoístas, ambiciosos. De resto, era uma monotonia sem fim, um tédio vertiginoso – não ter o que fazer, dava-lhe a sensação de ser uma inútil. Era uma inútil. E as horas transcorriam sem solução, num cotidiano repetitivo, desgastante.

Fevereiro não demoraria a chegar, consolou-se. Só as mulheres sabem esperar.

A apresentação era sempre à noite. Muitas vezes só havia uma sessão. Nos dias bons, apresentava-se duas ou três vezes, mas isso em casos raríssimos.

– Caramba! Isso é a minha vida!

Mesmo estando numa periferia do Recife, sentia-se que a cidade já estava em pré-Carnaval. Os próximos dias seriam importantes, disse para si mesma, vou viver como quem sabe que pode morrer.

Olhou-se no espelhinho pendurado na parede do *trailer*. Ainda era jovem, tinha uma vida pela frente. Tinha? No espelho, achou-se uma mulher sem graça. Talvez tivesse sido bonita anos atrás, não se achava mais. Apesar dos cabelos loiros, sedosos, volumosos; o nariz pequeno, os olhos azuis, a boca fresquinha.

– A tristeza deixa a gente horrível de feia...

Maquiou-se do jeito que o show exigia, e que ela achava que era certo. Um batom bastante vermelho, sombras de uma cor que ressaltavam os olhos, *blush* que a deixava corada. Fazia sucesso por causa do seu jeito sensual, a boca carnuda pintada com aquele carmim. Colocou um biquíni com lantejoulas coloridas e um par de sandálias douradas. Estava pronta.

Era só esperar o sinal para entrar em cena.

Anabela era a monga do parque de diversão. Tinha que esperar, em pé, ser anunciada pelo apresentador do show. Não podia sentar, os vidrilhos do biquíni espetavam. Esperar, com aqueles sapatos desconfortáveis, doía-lhe os pés. Ficava atenta ao anúncio para entrar em cena. O show não tinha hora exata para começar, era mais ou menos naquele instante. Dependia do público, da quantidade de pagantes.

Assim que a tenda do espetáculo ficava lotada, o sogro, que também era o locutor, anunciava o início do espetáculo.

– Senhoras e senhores, vocês estão aqui para assistir a um espetáculo incrível! Os seus olhos jamais viram algo tão fantástico! Uma bela jovem, loira e sensual, vai se transformar numa fera diante dos seus olhos!

Colocava uma música para dar um clima, e ela entrava no cubículo montado no pequeno palco da tenda. Era o cenário, com formato de jaula. Tudo igual, anos e anos repetindo aquele mesmo trabalho. O número fazia sucesso, a multidão se apertava para ver a mulher gorila.

A música instrumental era quase um mantra. O mesmo CD com as músicas de uma guitarra dissonante. Tudo pronto para começar: o apresentador puxava a cortina florida para os lados, mostrando um pequeno palco bastante iluminado, fechado por grades de ferro.

Dentro, a loira sensual.

A luz forte sufocava de tão quente. Mas era importante ter holofotes em cima do palco para que os espectadores vissem apenas o espelho que havia por trás da mulher sensual. Ninguém podia ver o segundo espelho, do outro lado, que ficava na contraluz. E nos acordes da música, Anabela colocava, graciosa, uma das mãos por trás da cabeça, outra nos quadris, e iniciava os movimentos lentos.

Contorcia-se cadenciada, jogando a pélvis de um lado para o outro, numa dança provocativa, alisando o corpo, chamando atenção para as pernas bem torneadas, para a barriga sequinha, para a boca que se abria mostrando os dentes brancos perfeitos. O olhar pesado, convidativo. Demorava-se em trejeitos, criando um clima de um erotismo cafona, para contrastar com o susto que os espectadores teriam no final. Enquanto mais forte fosse o primeiro, mais inesperado o segundo.

Dançava duas músicas seguidas, os homens atentos à sensualidade. As mulheres em silêncio. As crianças dispersas, impacientes. O apresentador do show, agora fora do palco, falava sem ser visto. Dele só se ouvia a voz ao microfone dizer:" senhoras e senhores, o que o pecado da carne é capaz de provocar?'". Anabela luxuriante. "É o pecado quem faz uma mulher virar gorila!" Anabela rebolava. "Vejam que esta doce criatura dentro da jaula, entregue a uma dança vulgar, mergulhada em seus desejos exagerados de prazeres, vai assumindo seu lado animal!". Anabela aparentemente acessível.

Em meio à música seguinte, começava a transformação. Lenta.

– Ela está se transformando!

– Ela está virando fera!

A luz do palco ia caindo, enquanto o outro espelho, o que estava na contraluz, começava a receber iluminação de um jato de holofote que se intensificava aos poucos. Anabela se ia afastando. E uma segunda pessoa, escondida, vestida de gorila, aproximava-se do local onde ela estava. E à medida que chegava, ficava refletida no espelho. As imagens superpostas.

De algum lugar lá de dentro da tenda, o apresentador do show falava:

– Vejam, senhoras e senhores, a princesa loira ganha a forma de uma fera com força descomunal.

A imagem da fera passava a predominar no espelho, ficando ainda mais visível. Já não havia mais sinal da loiraça sensual. A fera começava a rugir, saindo das trevas, ocupando o palco, a sacudir as grades da jaula. A luz da tenda piscava, como se os agitos das grades estivessem interferindo até na instalação elétrica. Finalmente a fera conseguia abrir a grade e fazer menção de pular na pequena plateia. A luz apagava-se de vez.

Em questão de segundos, quando a luz voltava, o apresentador entrava risonho no palco, sozinho, agradecendo a presença de todos.

Anabela recolheu-se ao *trailer*. Era o cotidiano repetindo-se inapelavelmente, enfadonho, sem motivação. Estava cansada de passar os dias esperando a hora de virar gorila. E quando acabava o show voltava a ser apenas a mulher cujo marido matou a facadas um colega do parque. Matou a sangue frio. E foi preso.

– Não vá me trocar por outro aí fora não... um dia eu volto... disse ele, ciumento, quando certa vez ela foi visitá-lo na penitenciária.

Enquanto esperava o marido cumprir a pena, vivia como se estivesse presa também.

– Se você me trocar por outro, eu vou atrás de você quando me soltar daqui...

Desde que resolvera largar tudo, a casa dos pais na zona rural, anos atrás, para seguir com o filho do dono do parque aprendera a ser monga e, assim, cumpria seus dias, como se fossem uma determinação do destino.

De tanto repetir o número, estava de fato tornando-se uma gorila enjaulada. E o tempo estava correndo, era impensável negociar uma liberdade. Certa vez, enquanto lavava os pratos, falou com a sogra. Disse-lhe que às vezes pensava em ir embora, talvez voltar para a casa dos pais.

– Vai abandonar o parque, só porque o marido está preso? Abandona pra ver... Deixa só ele sair da prisão.

Quase cortou o próprio dedo com a faca que estava lavando. Ficou tensa.

E seu plano só poderia ser posto em prática no carnaval, quando todas as fantasias são naturais. Anabela estava a ponto de explodir.

– Não posso ficar nervosa, senão desconfiam.

No dia seguinte, encontrou-se com a sogra, na lavanderia comunitária. A sogra comentou:

– Estou achando você estranha. Deve estar com saudades do meu filho. Eu lhe entendo. Meu filho já está preso há quase três anos e não se solta tão cedo...

Anabela concordou. E a sogra:

– É normal que uma mulher nova sinta essas saudades do marido...

Saudade do marido – olhe só! Mas era bom que ela confundisse tudo. Que todos se confundissem. Aliás, sempre fora confundida. Ninguém ali jamais se importou realmente com ela, sempre a trataram de forma escrota, utilitária. O show da monga dava dinheiro ao parque de diversões e isso era o que interessava.

Antes de o marido ser preso era ele quem fazia o papel do gorila. Ela, a mulher sensual; ele, o gorila cuja imagem se alternava na contraluz e no jogo de espelhos. Dele, Anabela guardava o macacão peludo.

Estendeu o macacão sobre a cama, ficou olhando o figurino. Caberia nela?

Vestiu o macacão. Ficou um pouco grande, folgado, afinal o marido era maior que ela, mais forte, mais alto. O macacão do gorila tinha a abertura na frente, para facilitar o fechamento na hora do espetáculo. Duas fitas de velcro aderiam uma à outra rapidamente, como nos figurinos do teatro.

A cabeça do gorila era guardada sobre a mesinha, ao lado do espelho. Colocou o adereço em si mesma. Olhou-se no espelhinho – não era mais a loura fatal. Era o próprio gorila. Sorriu por dentro da máscara. Os dias seguiram-se entediantes.

– Ainda bem que já é carnaval!

Estava na hora de enlouquecer. A cidade fervilhava. Podia ser a qualquer instante.

Anabela penteou o cabelo, que ganhou volume, maquiou-se até ganhar cara de loura irresistível e colocou o biquíni de vidrilhos. Enquanto aguardava a música dissonante anunciando o número, abriu a mala. Retirou a roupa do gorila, o macacão do marido. Pegou a cabeça do personagem e colocou-a sobre o macacão. E também a faca de cortar carne.

Não calçou a sandália de salto alto, como a apresentação exigia. Mas um tênis conga, senão ficava difícil realizar o plano. Sem que ninguém a visse, levou o figurino do gorila para junto do palco.

– Respeitável público! Confira, com seus próprios olhos a mais espantosa transformação de uma mulher...

Anabela dançou como sempre fez. Quando a luz sobre ela começou baixar e a outra foi aumentando, não esperou o truque da imagem superposta. Saiu do palco imediatamente. Vestiu com surpreendente agilidade a roupa do gorila que estava ao lado. Colocou o macacão, o adereço da cabeça e voltou à cena da jaula em questão de segundos.

Dessa vez, ameaçadora, com a faca de cortar carne na mão. Num piscar de olhos, ela abriu a jaula e os pagantes, desesperados, gritavam:

– A monga está louca!

A monga pulou do palco, atravessou a tenda e foi embora. Como um raio. Saiu do parque e entrou num táxi estacionado ali em frente. O motorista assustou-se quando viu a estranha figura abrindo a porta do seu carro. Ela colocou a faca no pescoço do homem:

– Me leve ao polo do carnaval. Ou morre.
Estava mais determinada do que nunca.
– Vá mais rápido, senão eu lhe sangro! Disse, a faca em riste.
O táxi voava rua afora.

As orquestras de frevo e os maracatus arrastavam multidões fantasiadas. Carnaval é a imitação da vida? Nada mais natural do que sair por aí, de macaca.

Lágrimas negras de rímel

Nenhuma mulher é fatal. Quem quiser ser não pode prescindir de maquiagem. Passe o *blush* delicadamente onde o sol beija sua face. E o professor Evilásio Praxedes, que já sabia de cor e salteado, passou. Olhou-se no espelho, ficou coradinho, lindo, lindo, lindo. Parecia vermelho do sol.

– Que lindo, o beijo do sol na minha face!

Agora, preste atenção: olho sem lápis não é olho. Contorne-o com o lápis, para aumentá-lo, para valorizar o olhar. E o professor deslizou a ponta do lápis na pálpebra, aquilo era quase mágica.

– Pois não é que meu olho realmente fica maior?

Em seguida, passou o rímel cuidadosamente nos cílios, para deixá-los armados, volumosos. E o professor tocou e retocou a vassourinha com aquela tinta preta nos cílios, para depois olhar-se no espelho.

– Nossa, como estou com olhar marcante, irresistível!

"Vamos à boca. Tenha cuidado, pois se carregou na maquiagem dos olhos, alivie na boca. Uma sombra muito forte no olho deve ser compensada com maquiagem sutil na boca. Um *gloss*, por exemplo". E ele, à risca, passou o brilho nos lábios.

– Hum hum. Muito simplesinho.

Das dicas que lia, discordou dessa. E passou um batom vermelho carmim. Aí, sim, o *gloss* para brilhar e acontecer.

Maquiagem feita, ficou se olhando, analisando, meticuloso, achando que estava perfeito. Valeu a pena ler na revista as dicas de maquiagem. Satisfeito, enrolou bem a língua para dizer diante do espelho: *gloss*!

– Vocês, mulheres, são cheias de frescura! Disse Nicácio, deitado no sofá, observando-o.

— Não é frescura não, mozinho. Uma mulher precisa ter os seus truques!

Nicácio levantou-se. Eram umas 17 horas.

— Vou embora, empurrar minha carroça. Tá na minha hora...

Final de tarde era o horário de ele pegar, com a carroça, o papel reciclável dos bancos e as caixas de papelão das lojas para vendê-los no peso. Evilásio Praxedes fingiu tristeza, teatral.

— Vai agora não, mozinho. Fica mais um pouco.

— Toda mulher tem essa frescura, não quer que o homem saia de casa...

— Mas eu não sou mulher...

— É pior. Se eu fosse na tua onda, não saía de casa hora nenhuma. Tchau!

— Passa mais tarde lá no bar! Disse, com a voz mais doce do mundo.

— Vou ver se dá. Não prometo nada.

— É sempre assim. Você nunca quer me encontrar mais tarde. Quando sai daqui, você vai se encontrar com alguma piranha...

Nicácio sequer respondeu. Sempre que ele tinha que ir embora Evilásio fazia cena de ciúme.

— Não se esqueça. Você é meu marido!

Pegou a carroça que estava parada em frente à casa e saiu arrastando-a na rua. O professor ficou parado na porta, olhando-o distanciar-se: será que ele vai olhar para trás para me ver parado na porta? Ele tem coração, vai olhar. Olha pra trás, meu amor, olha para eu jogar um beijo, te dar tchauzinho!

Nicácio, nada.

— Canalha!

Os canalhas nasceram para ser perdoados. Senão, de que valeriam as músicas de Dalva de Oliveira? E o professor precisava dessa dor, desse clima de fossa, precisava desse coração despedaçado, de mulher abandonada, para cantar no *Tony's Drink*. Pelo menos duas vezes por semana interpretava Dalva de Oliveira no minúsculo palco do bar.

Chegava, encontrava a dona:

— Boa noite....

E a mulher, de tênis, bermudão, camisa frouxa e um boné com abas para trás:

– Boa noite, mermão!
– E os livros?
– Nunca pensei que iam fazer tanto sucesso. O maior sucesso!

Os livros pertenciam ao professor Praxedes. Ele os adquirira de Nicácio, que certo dia chegara em casa com a carroça cheia de livros contando uma história meio duvidosa:

– Foi uma mulher que me deu. Uma mulher meio doida. Ela passou por mim e mandou eu ir ao apartamento dela pegar esses livros...
– Você ganhou esses livros de alguma piranha...
– Porra nenhuma!

Nicácio iria vender os livros num galpão de reciclagem, mas o professor impediu.

– Não precisa vender essas obras na reciclagem... caramba... quantos livros bons... pode deixar que eu mesmo compro.

Acertara pagar os livros em três vezes ao catador de papel. Mandara Nicácio deixá-los no *Tony's Drink*. Era lá onde o professor fazia apresentação artística.

A princípio, Tony, a dona do bar, não entendera a proposta:
– Livro não combina com bar não, mermão!
– Vai ser o diferencial do bar, Tony.

Durante o dia, os livros ficariam à disposição de frequentadores do bar. Quem quisesse podia lê-los, como se estivessem numa biblioteca. Desde que, evidentemente, consumissem bebidas e comidas enquanto estivessem lendo.

Tony refletiu e terminou aceitando a proposta. Acolheu os livros. Um jornalista boêmio estivera por acaso no bar e achou a iniciativa original. Colocou no jornal. Deu certo, a novidade espalhou-se. Dinheiro em caixa deixava Tony bem-humorada, o que não era muito comum.

– No começo, parecia uma ideia maluca, mas foi uma maravilha! Toda tarde isso aqui tá lotando!

O professor Evilásio seguiu direto para o camarim. Trouxe consigo a *nécessaire* de maquiagem. O *blush* onde o sol beijava-lhe a face. "Olho sem lápis não é olho. Rímel para deixar os cílios marcantes. Batom de vermelho vivo".

– E – *gloss*.

Enquanto Evilásio se maquiava, a loiríssima Anabela o observava. Loira e linda, Anabela tinha as formas perfeitas. Mas ninguém podia elogiá-la, era a mulher de Tony, capaz de quebrar cascos de garrafa ou cadeiras na cabeça de quem quisesse paquerar a moça.

Sempre que Evilásio vinha se maquiar, Anabela parava tudo para acompanhar o ritual. Ela também gostaria de se pintar, ficar exuberante. Mas Tony proibia sempre que a namorada insinuava que queria se maquiar:

– Mulher minha não se pinta!

Evilásio seguiu à risca as orientações: pintar as sobrancelhas podia transformar a vida de uma mulher. E ele passava o lápis, cuidadosamente, pois existe a mulher do antes e a do depois de pintar as sobrancelhas.

– Uau!

Uma mulher fatal deve usar um bom rímel, com tinta de água. E o professor passava a escovinha nos pelos para que os olhos ficassem translúcidos.

– Ficar o quê, Praxedes?

– Translúcidos, Anabela. Com um brilho especial.

– Devia ter dito logo.

Finalmente, a peruca de Dalva. Igual à da musa. Anabela o ajudou.

– Você gosta de Dalva, né, Praxedes...

– Ela foi minha deusa...

– Tá se vendo.

Peruca bem colocada, Evilásio conferiu no espelho. Estava uma Dalva perfeita, apesar da idade.

– Dalva foi minha diva... – e fazendo-se engraçado – Anabela, você sabe fazer o teste para desmascarar uma bicha enrustida?

– Não... existe um teste?

– É um teste infalível. Fale o nome de uma diva do cinema, do teatro, ou da música, perto da enrustida. E veja o efeito. É o teste mais seguro que existe. Qualquer enrustido solta a franga. Dá gritinhos quando escuta o nome da sua diva.

Anabela riu. Conversar com Evilásio lhe fazia feliz. Enquanto ele falava, Anabela ajudou-lhe a vestir um apertado modelo para o show. Era um vestido lamê, que tremia ao menor movimento.

– Nossa! Está muito apertado... e esse teste da diva funciona mesmo?

– Falar de uma diva para uma enrustida é mais forte do que falar de homem...

Anabela fechou-lhe o zíper das costas. A pele enrugada de Evilásio ficou espremida dentro da roupa.

– Você está linda.
– Obrigada.

Anabela:

– Estou lembrando de quando eu fazia papel de monga. Eu me maquiava e ficava esperando a hora do show.

– Tem saudade?
– De ser monga? Tenho não. Cansei.

E calou-se. O professor Praxedes a olhou – um dia vamos conversar sobre sua vida...

– Tô indo para o balcão do bar. Daqui a pouco Tony reclama porque eu não estou lá.

– Obrigada pela ajuda.

Pouco depois, o bar cheio, Tony anunciava:

– Com vocês, a rainha do rádio! A incomparável Dalva de Oliveira!

O globo da luz negra começou a girar. Parecia que os vidrilhos salpicavam nas paredes. Evilásio colocou o CD de Dalva na radiola de ficha. Pegou o microfone e entrou no palco debaixo de aplausos e assovios. E dos acordes da música: "Sei que falam de mim. Sei que zombam de mim. Oh, Deus, como sou infeliz...".

O bar lotado. Interpretava as músicas com gestos dramáticos, de uma dor imensa: onde estaria Nicácio àquela hora?

"Errei sim, manchei o teu nome. Mas foste tu mesmo o culpado. Deixavas-me em casa me trocando pela orgia. Faltando sempre com a tua companhia...".

Mal acabou de dublar e a plateia gritou:

– Mais uma, mais uma!

Um homem chegou aflito no balcão do bar e deu a notícia. Anabela enxugou as mãos no avental. Ficou preocupada. Depois, foi para detrás do palco e chamou Dalva. Chamou-o com insistência, aflita. Devia ser algo sério. A moça não iria interromper a apresentação se não fosse algo muito grave. Ela estava pálida.

– Só um instante, senhoras e senhores...

Dirigiu-se para Anabela.

– O que houve?

— Mataram Nicácio agora, no meio da rua. Vieram informar.
Evilásio ficou em choque, como se não estivesse entendendo a notícia.
— Uma mulher deu dois tiros nele... Morreu na hora.
A história toda, contou-lhe Anabela, era a seguinte: a mulher estava num carro, era a mesma que lhe doara os livros meses atrás. Fizera-o num rompante de fúria.
— Devolva meus livros!
— Já vendi seus livros!
— Meu marido disse que só volta para casa se eu reencontrar os livros!
Nicácio não podia mais devolvê-los.
— Ele quer um por um dos livros...
— Agora é tarde, minha senhora.
— Meu marido é minha vida!
— Já vendi. Não sei onde os livros estão...
— Li no jornal que eles estão num bar.
— Deu porque quis. Não tenho nada para conversar com a senhora.
Nicácio seguiu empurrando a carroça. Numa crise violenta de choro, a mulher sacou um revólver dentro do carro e disparou várias vezes. Dois tiros o atingiram.
Evilásio, desesperado:
— Ele era o meu amor. Não é possível...
Anabela o abraçou.
— Era o meu amor, Anabela!
A plateia do bar estava incontrolável:
— Mais uma! Mais uma!
Jamais sentira tanta dor. Imaginou o corpo de Nicácio no calçamento da rua, banhado de sangue. Tinha ímpetos de sair correndo. Abraçá-lo, gritando, meu amor!
— Mais uma!
As lágrimas de rímel escorreram, negras, doloridas. Nunca fora tão aplaudido, as pessoas achavam que Dalva revivia em sua interpretação.
Pegou o microfone. Era um artista:
"Retorna-me, por favor, não me deixes. Tu bem sabes que longe de ti eu não posso viver. Retorna-me, meu amor, não me deixes. Tu bem sabes que longe de ti eu prefiro morrer...".

Tony Bronca encontrou o amor

Elisa nunca existiu. Não é verdade que hoje estaria com 48 anos, como se pode pensar. Desconsidere-se tudo o que se ouviu falar sobre ela: que foi uma lesma-morta quando menina, uma coisa esbranquiçada, com os cabelos divididos ao meio e tranças amarradas nas pontas com lacinhos cafonas. Até eu andei pensando umas tolices, movido pela emoção fácil. Pela confusão da memória: aqueles detalhes de que Elisa tinha olheiras profundas, as pálpebras vermelhas piscando nervosas, a voz trêmula, baixinha, é tudo invenção. Cheguei ao requinte de afirmar que aquela garota estava sempre com crises de asma, ou de rinite, uma alergia que lhe deixava o nariz úmido com um fio de catarro transparente a escorrer em direção à boca, e ela o assoava num lencinho de pano bordado. Retirava o muco fazendo pouco barulho, muito fina.

Ainda era madrugada quando o caminhão do lixo apontou na rua e se aproximou, com o cheiro insuportável de detritos azedos. Andou alguns metros e parou para os garis descerem e pegarem os sacos plásticos cinza-escuros com os entulhos deixados na frente dos prédios. Em seguida, o carro andou um pouco mais e a operação se repetiu mais adiante. O motorista não desligou – nunca desligava –, deixando-o em ponto morto, maquinando alto, e tão logo os pacotes foram lançados na carroceria trituradora, um dos homens gritou: pode ir. E o caminhão seguiu, aproximando-se do edifício onde Tony Bronca morava.

Do alto do quarto andar, três pessoas acompanhavam pela janela do apartamento a movimentação do caminhão do lixo, lá embaixo, na rua. O próprio Tony Bronca, fumando um cigarro atrás do outro, a sua mulher Anabela e o professor Evilásio Praxedes, já um idoso, que chorava baixinho, sem se conformar, enquanto

Anabela, ao seu lado, o abraçava. Era inútil a jovem e exuberante loira tentar consolá-lo. O professor soluçava de dor sincera e os soluços aumentavam ainda mais enquanto o carro aproximava-se do prédio, lá embaixo. Tony Bronca soltou a nuvem de fumaça do cigarro e disse, com voz firme, contemplativo:

– Às vezes a vida nos coloca em situação muito difícil...

Talvez tivesse sido radical demais, por isso ficou se justificando:

– É preciso ter muita certeza na hora de tomar algumas decisões...

O professor Evilásio estava realmente inconsolável. Enquanto mais Tony falava, mais ele dramatizava o choro.

– Acredite em mim, não foi fácil tomar a decisão de jogar tudo no lixo... afirmou, dando uma longa tragada que fez a brasa de vermelho vivo avançar no branco do cigarro.

Se alguma vez até mesmo eu cheguei a dizer que Elisa existiu é porque não sou muito confiável e tudo o que eu digo é passível de correção. Elisa nunca existiu: aquilo era um entulho sem vida, um lixo. Lixo fedorento. Misturei alhos com bugalhos e se deu um grande equívoco. Misturei essa tal de Elisa com outra pessoa, a verdade é que ela nunca, jamais, em tempo algum, existiu. E se existisse, não passaria hoje de uma cadela nojentinha, obediente, insossa, dessas que estão sempre prontas para servir, que andam com o rabinho entre as pernas, com medo de ocupar a vida, levando gritos e recebendo ordens.

Na calçada, lá embaixo, diante do prédio, uma pequena montanha de livros, talvez centenas, fez com que os garis parassem e ficassem olhando para o entulho. É livro pra caralho! Comentou um dos garis, acrescentando: nunca vi tanto livro junto! Os dois garis se olharam com espanto e sorriram espontaneamente: puta que o pariu, é livro pra cacete! Antes de começarem a lançá-los na caçamba, ficaram folheando alguns exemplares, por mera curiosidade, sem nenhum interesse. É muito livro, né?, será que alguém já leu na vida desse tanto de livro? Perguntou o outro gari, cuidando ele mesmo de responder: leu porra nenhuma! Se alguém me dissesse que pagaria o prêmio da loteria só para eu ler esse tanto de livro, sabe o que eu faria? Pagaria uma pessoa para ler no meu lugar e mandaria essa pessoa me contar as histórias, bem direitinho, para eu enganar os sabidões; depois eu ficaria com o dinheiro da loteria. Os dois caíram na gargalhada.

De toda forma eram muitos livros, que por estarem ali, eram para ser eliminados, inúteis, sem valor. O primeiro gari voltou a perguntar ao segundo: a gente vai colocar estes livros todos na caçamba, para misturar com a nojenteza? Depois de um breve instante, o outro respondeu: se eles estão no lixo, para serem recolhidos, é porque o dono, ou a dona, sabe que eles não servem para mais nada. E além disso, uma pessoa que já leu desse tanto de palavras – disse, apontando para os volumes empilhados – sabe o que é lixo. E concluiu: quem faz o lixo é o dono.

O breve diálogo continuou com o primeiro insistindo que, antes de assumir o trabalho de gari, aprendera que plásticos, metais, vidros e papéis não eram lixo. O outro retrucou: isso é tudo bobagem, quando um objeto vem parar aqui, já era. E o motorista do caminhão, impaciente, gritou de lá: que demora é essa? Prestem atenção no serviço! E eles começaram a jogar aquele material na carroceria. Ao final, seguiram, já distraídos com outros assuntos.

Depois de ver a cena, do alto, o professor Evilásio Praxedes chorou descontroladamente, sentou-se no sofá, as pernas bamboleantes. Conseguiu dizer:

– É como se fossem uma parte de mim...

Tony Bronca repetiu uma frase que aprendera havia muitos anos:

– Para recomeçar é preciso matar um mundo...

Não estava necessariamente sendo irônico, pois de fato acreditava nisso.

Anabela também sentou-se no sofá e abraçou-se ao professor. Tony ficou olhando a cena, apagou o cigarro no cinzeiro, esmagando-o com firmeza, e antes de se retirar da sala, afirmou:

– Acabou. Esta parte está resolvida. Agora é partir para outra... Vou tomar um banho...

Voltou-se um pouco e acrescentou, com firmeza:

– Pare de chorar de uma vez por todas! Está parecendo uma mulherzinha!

Entre a perplexidade e a mágoa, o professor tentou conter o choro e ficou fuzilando Tony com o olhar. Em seguida, foi tomado por um súbito sentimento de revolta que o fez disparar:

– Pelo menos respeite meus sentimentos... posso ser uma mulherzinha, mas pior é você que pensa que é homem... e acredita nessa fantasia... é terrível... você copia a pior parte dos homens...

Tony fez de conta que não ouviu o insulto e entrou no banheiro. Anabela continuou abraçada ao professor, apertando-o contra o seu corpo, com delicadeza, tentando aliviar sua mágoa. Depois de alguns minutos sem dizer nada, apenas ouvindo o professor soluçar baixinho, ponderou:

– O senhor foi muito duro com Tony. A gente sabe que ele se irrita com facilidade, que qualquer coisa é motivo para mau humor, que ele é até grosseiro... mas a gente também sabe que ele tem um coração imenso...

O professor Evilásio começou a limpar as lágrimas. Refletiu um pouco:

– Eu sei disso, Anabela. Mas como se não bastasse eu ver todos os meus livros serem jogados no lixo, ele ainda quer me obrigar a não chorar... isso é desumano. Convenhamos. Às vezes ele é pior que os homens de verdade.

Anabela respirou fundo.

– Eu sei... eu lhe entendo... mas Tony é muito bom, professor... vou lhe fazer uma confidência...

Praticamente não chorava mais.

– Fique à vontade. Pode confiar em mim.

– O senhor sabia que nós estamos juntos há dois anos... e Tony nunca se deitou comigo?

O professor não pôde conter a afetação:

– Jura?! Que fofoca impagável...

Só então percebeu o quanto estava sendo indiscreto. Pediu desculpas:

– Convenhamos... Tony parece mais o homem das cavernas, aquele de porrete na mão e ávido por aventura... disse o professor, com um arzinho de riso.

– Tony é tão... sensível... compreensivo... sabe de uma coisa? Ele me disse que eu seria dele no meu próprio tempo. E que se eu tivesse que ser dele, seria por amor e não por gratidão.

O professor ficou olhando firme para Anabela. Tony realmente era capaz de gestos largos.

Esta frase sempre esteve em minha cabeça: para recomeçar é preciso matar um mundo. Um cara muito louco, escritor que eu li na minha piração dos anos 80, alemão meio filósofo, meio místico, meio revoltado, chamado Hermann Hesse, escreveu a frase que me marcou. No livro *Demian*, ele disse: quem quiser nascer tem que destruir um mundo.

A frase ficou latejando, e se eu não a entendi logo de cara, aos poucos fui juntando as peças e entendi o que Hesse estava dizendo no sentido de cortar os laços com o passado, romper com a demência da infância e se reinventar, mas isso não é fácil, nem simples. A ousadia é um rompimento e tem um preço, é uma coisa que dói. Quando eu entendi o sentido da frase, vi que era essa a dica que ele estava me dando, o que libertou a minha cabeça.

Até então, até eu entender tudo aquilo, Elisa era uma coisa tão sem vontade, tão sem desejo, tão sem opinião, sem sonho, sem porra nenhuma! Tão acanhada – essa era ela. Ficava com vontade de falar e não dizia nada; quando tinha vontade de rir, apenas abaixava a vista para se fazer de boa menina, de boa moça. Ela sempre ouvira que boa moça, boa menina que vive rindo, é uma sem-vergonha.

Ficava se inibindo, se evitando. Nem ria nem chorava. Elisa tinha vontade de mandar tudo à puta que o pariu, mas o máximo que conseguia era ficar com os olhos cheios de lágrimas que num minuto secavam, pois onde se viu uma pessoa educada transparecer a dor?

Se Elisa alguma vez existiu, fui eu quem matou aquela massa sem forma e sem sangue.

O professor perguntou as horas e Anabela conferiu: era pouco mais que seis da manhã. Passaram a noite sem dormir, foram muitos os acontecimentos que culminaram com o carro do lixo recolhendo os livros. Estavam de fato cansados.

– Estou me aproximando dos oitenta. Não tenho mais a disposição de antigamente.

– Vou fazer um café, disse Anabela.

– Tudo o que quero é uma cama e dormir até morrer.

– Deixe para dormir mais tarde. E para morrer daqui a mais alguns anos.

Dirigiram-se para a cozinha. Tony estava tomando banho, ouvia-se o barulho da água no chuveiro, no cômodo ao lado. Anabela colocou água e pó na cafeteira elétrica. Sentaram-se na mesa e voltaram a conversar enquanto aprontava-se o café.

– Que noite, heim? O senhor deve estar se sentindo péssimo com a morte de Nicácio...

– Sofri mais com a perda dos livros, disse muito sinceramente. Nicácio era meu amante, mas ele tinha umas piranhas e quase não me dava atenção... Com quase 80 anos, não estou me sentindo exatamente um viúvo...

Riram com o comentário, como quem ri da própria desgraça.

O professor, apesar de ter idade de ser pai de Nicácio, era também seu amante. Fora ele quem vendeu os milhares de livros ao professor. Certa vez Nicácio chegara com os livros, na casa do professor, dizendo que os ganhara de uma mulher. E iria vendê-los num centro de reciclagem de papel.

O professor não permitiu que ele vendesse os livros para reciclagem e os comprou. Em seguida, doou os volumes para o bar de Tony. Tempos depois, a mulher quis os livros de volta, mas já era tarde. Nicácio já não podia mais devolvê-los.

E a mulher, por esse motivo fútil, o matou. Tony Bronca resolveu jogar os livros no lixo.

– Também vou fechar o bar. Para sempre.

Que mais podia esperar? Não valeria a pena continuar.

– Acabar com o bar não deixa de ser um gesto de solidariedade. Por aí o senhor tire a solidariedade de Tony...

– Eu não concordei com essa decisão de fechar o bar.

– Acho que Tony tem suas razões. Ele anda muito triste ultimamente. Tem dito que anda muito desencantado. Com tudo. Que está cansado de dar murro em ponta de faca. Acho que ele já vinha pensando mesmo em fechar o bar...

– Sendo assim, fica mais fácil de entender sua decisão repentina. Sabe, Anabela, também estou desencantado... A vida não é fácil para gente como eu. Como Tony.

A moça desligou a cafeteira.

– Eu conheço Tony desde a adolescência dele... Fui seu professor.

Anabela interessou-se.

– Mesmo? Tony nunca me contou sua vida...

— Quando o conheci, ele ainda se vestia de menina. Elisa já era uma adolescente, terminando o curso médio. Todos na escola já a chamavam de Tony.

O cheiro de café fresco inundou a cozinha.

— Mas eu o perdi de vista. Anos depois, quando o reencontrei, Tony já tomava conta de bares. E o seu nome agora não era mais somente Tony. Era Tony Bronca. Ficamos muito amigos. Eu era referência do seu passado, ele passou a me tratar superbem. Até hoje...

Existe uma lei invisível que diz assim as pessoas só respeitam quem põe moral, quem põe medo nas outras. Concordo com essa ideia, pois gente muito educadinha, molinha, derramada, tem uma facilidade enorme para atrair oportunistas e aproveitadores. Falo alto e quem não quiser me ouvir, saia de perto, posso até ser um pouco agressivo, mas não sou açúcar para abelha chupar o doce e fazer mel de graça. É preciso meter bronca na vida. Não digo que vivo reclamando o tempo todo, nem com rabugice, mas quem trabalha comigo já sabe que muita conversa mole me irrita e gente se fazendo de engraçada também.

Aprendi a ser assim. Depois, fiz PhD em dureza. Quem é dono de bar, como eu sempre fui, não pode ser muito cheio de delicadezas. Se for assim, a malandragem te engole. Nunca fiz questão de ninguém me achar alegre e flexível. Esta é minha cara, de mau humor mesmo, de incômodo constante com o mundo, irritação crônica e preocupação. Só aí já afasto 80% dos chatos. O ruim dessa história é que, o mundo, está cheio de pessoas sem noção de nada. No bar, por exemplo, uns idiotas diziam, com medo e respeito:

— Traga a conta dona Tônia!

Como se meu nome fosse Tônia. A vontade era de dizer é o caralho, meu irmão. Meu nome é Tony. Ora merda, o esforço que fiz para matar um mundo e chegava alguém e me chamava de dona Tônia. Havia quem pensasse que estava me respeitando chamando-me de dona Tônia. Tem coisa mais nojenta, mais pantanosa, mais lodaçal, que ser chamado de dona Tônia? Quem caralho é dona Tônia? Fodam-se todos!

— Boa tarde, dona Tônia!

— Não me chamando de dona Tônia a gente começa a conversar. Pode me chamar de Tony.

Pior é quando me chamavam de Tônia Bronca. Aí fodia tudo. Coçava o queixo, respirava fundo.

– É que a senhora, com esse seu jeitão de artista...

Até mesmo Anabela pensava que eu era Tônia. Assim que me conheceu, ela me chamou de dona Tônia. Foi quando eu disse que se ela me chamasse de Tônia outra vez eu lhe punha no olha da rua.

– Meu nome é Tony. Tony. Tem gente que me chama de Tony Bronca. Aí fica de acordo com o freguês.

Eu encontrei Anabela no olho da rua, em pleno carnaval, aqui no Recife. Ela vestida de macaca. Sim, de macaca, e eu pensei – que fantasia mais original! Eu fiquei olhando e achando aquilo interessante. Uma mulher vestida de macaca! Adoro mulheres e se elas estiverem vestidas de macacas, vejo nisso uma metáfora.

Eu tinha ido ver a folia no bairro do Recife Antigo, que é uma coisa mais familiar, sem qualquer pretensão, sem qualquer motivação. Andava até bem triste, achando que era melhor ficar em casa. Mas naquele dia eu mesmo forcei a barra para sair um pouco, coloquei meu boné, uma camiseta folgada, o bermudão cheio de bolsos, minha pochete e um sapato regata. Recife Antigo.

Já estava completamente desesperançado, aliás a palavra nem é essa, a palavra é desestimulado de encontrar um amor. Sempre morei só e para uma mulher morar comigo seria preciso suportar minhas manias. Homem na minha idade é cheio de manias, de abusos, de exigências.

Anabela vestida de macaca. Em meio a blocos carnavalescos e muita música de orquestras, empurra-empurra, eu fiquei parado olhando para a macaca.

Quando ela viu que eu a estava observando, eu desviei a vista, fiquei rodando a chave do carro na mão. Eu sempre digo, as mulheres estão muito ousadas, são elas que estão indo à guerra, dando em cima dos homens. Coisa impressionante, eu nunca fora paquerado antes. Por mulher nenhuma, muito menos por uma macaca.

Anabela tinha sede.

Conversa vai, conversa vem, eu ofereci e ela aceitou uma garrafa de água mineral. Conversa vai, conversa vem, a noite foi-se passando. Conversa vai, conversa vem, ela terminou me dizendo que não tinha onde dormir. Eu pensei que cantada mais barata.

— Não tem para onde ir? Como assim?

— Eu era uma monga. E hoje fugi vestida de macaca de um parque de diversão.

Ri pra caralho. Era original. Eu pensei vou fuder com essa mulher, ela é engraçada demais.

Anabela tinha – e tem – os olhos gateados de galega, a boca rasgada, os peitos redondos de manga rosa. E as coxas, ai, as coxas. Mas foi logo dizendo: não queria nada de sexo. Só queria um lugar para ficar.

— É que eu sou mulher de um homem só. Meu marido está preso.

Já complicava demais. Mas eu resolvi aceitar, porque no carnaval tudo é válido. E assim, a vida deu sequência. Anabela sempre foi a mais obediente das mulheres.

— Eu vou lavar sua roupa, cuidar da sua casa, respeitar a senhora, dona Tônia.

— Da próxima vez que me chamar de dona Tônia, eu lhe ponho no olho da rua.

É Anabela quem eu amo. A mulher que dorme na minha casa, descuidada, de pernas abertas, de calcinha mais descobrindo que encobrindo a polpa da bunda. Mas que eu não ouso tocar, para ela não ir embora, pois ela é casada. E eu só a quero quando ela me quiser. Quando ela me desejar. Quando ela me quiser não porque eu lhe dei casa e comida. Quando ela me quiser, ah quando ela me quiser, vou mostrar o que sou capaz de fazer com a mulher que amo. Vou-lhe mostrar que fazendo sexo comigo não é a mesma coisa que o marido dela, que só a queria para o próprio prazer. Macho fode, vira e dorme.

Não, eu ofereço mais atenção, mais carinho e cumplicidade. Sei do ritmo de uma mulher, do tempo que ela precisa para viver suas fantasias, sei dos desejos. Sei fazê-la dormir o sono das deusas e sei acordá-la. A melhor coisa que me acontece é quando a risonha e linda loira, com olhos pesados e lábios carnudos, prepara o meu café da manhã, e me diz:

— Bom dia, seu Tony.

Tony chegou à cozinha com cheiro de desodorante Leite de Rosas, vestindo bermudão e camiseta larga. Sentou-se à mesa e Anabela apressou-se para colocar uma xícara para ele. Trouxe também o açucareiro. E depois serviu o café fumegante. Foi à geladeira, tirou queijo, manteiga e presunto. Pegou um pão da cestinha que estava sobre a mesa, partiu-o ao meio, untou-o e fez um sanduíche. Entregou-o a Tony. Depois fez o mesmo para o professor e por último para si.

Tomavam o café em silêncio.

– Que trio engraçado nós formamos, comentou o professor Evilásio Praxedes, após breve reflexão.

Tony sorriu. Anabela perguntou:

– Seu Tony... o senhor acha que nós somos uma família?

– Uma família exótica, diga-se de passagem.

Beberam o café e ela ficou fantasiando: nessa família o professor seria o pai, ou a mãe. Tony, o marido. E ela, a dona de casa. Sorriu, viajando na imaginação. O professor colocou a mão sobre a de Tony, que estava muito tenso, reflexivo, mordendo o sanduíche a grandes pedaços.

– Tony... eu queria lhe dizer uma coisa...

– Diga aí, mermão.

– Não precisa ficar com a consciência pesada.

– Você sabe que estou. Joguei os seus livros fora e fechei o bar, de um momento para o outro, porque estou muita puta com esta nossa vida. Estou muito cansada.

– Não fique assim... disse o professor, sorrindo: em muitos tempos, pela primeira vez, ele ouviu Tony falar de si mesmo no gênero feminino.

Deveria estar, de fato, desencantada com a vida.

Ficaram um bom tempo em silêncio, tomando o café. Tony voltou a tocar no assunto.

– Sinto muito pelos livros. De verdade.

Estava com os olhos úmidos. Continuou:

– Eu sou assim, uma bosta. Um mar de culpas...

– Não fique assim. Da minha parte, não se preocupe. Não tenho mais idade para estar me apegando às coisas. O que são os livros diante da vida? Nada.

– Joguei os livros no lixo porque tive medo que a mulher, a que matou Nicário, lhe procurasse e lhe matasse... Você é o que me resta... É como um pai...

Evilásio deu um longo suspiro:

– Na idade em que cheguei, nem aqueles livros me iludem mais...

Tony sorriu. Anabela insista:
— Somos uma família, não somos?
— Não é má ideia, somos do mesmo tipo. Somos a sombra de nós mesmos... filosofou o professor.
— Enquanto estava tomando banho, estive pensando que tudo isso tem um sentido. O bar não existe mais, os livros também não. Acho que fiz tudo isso na esperança de recomeçar. Matamos um mundo. Como na frase de Hesse. Que tal se a gente fosse embora desta cidade?
— É bom. Vamos para um lugar onde meu marido, quando sair da prisão, não me procure. E onde a dona dos livros não procure o professor Evilásio.
— Nesse lugar eu poderei ser eternamente Dalva...
— Por mim, tá resolvido, disse Tony, determinado.

Tony sorriu. Se ele estava, Anabela também estava feliz: eram uma família. Enquanto Tony e o professor terminavam de tomar o café da manhã, ela voltou à sala, ligou *CD player*. Colocou uma música clássica ao gosto do professor. E voltou à mesa.

A música começou leve, tão leve, que para se fazer ouvir exigia silêncio total. Foi elevando-se naturalmente, como se lembrasse a calma de um dia nascendo. Os três morderam seus sanduíches. As notas iam ficando cada vem mais próximas, mais rápidas, espetaculares, como uma balão que se enche e se sabe que pode explodir. Beberam o café fumegante das xícaras. Quando pareceu atingir o seu ápice, as notas foram por si mesmas aliviando, tornando-se leves como um amanhecer. Os três fecharam os olhos e se transportaram para lugares distantes. Anabela sonhava com campos repletos de flores.

Impresso em São Paulo, SP, em agosto de 2011,
com miolo em Sinar tech 80 g/m²,
nas oficinas da Corprint.
Composto em Baskerville, corpo 11 pt.

Não encontrando esta obra nas livrarias,
solicite-a diretamente à editora.

Manuela Editorial Ltda. (A Girafa)
Rua Caravelas, 187
Vila Mariana – São Paulo, SP – 04012-060
Telefone: (11) 5085-8080
livraria@artepaubrasil.com.br
www.artepaubrasil.com.br